# チートなタブレットを持って快適異世界生活

ちびすけ
CHIBISUKE

Illustration
ヤミーゴ

CHARACTERS
登場人物紹介
フェリス
ケントが所属するパーティ「暁」でリーダーを務める、美人エルフ。
ケント
異世界に迷い込んでしまった本編主人公。タブレットに搭載された便利アプリに助けられ、異世界生活を楽しむ。
クルゥ
「暁」のメンバーの少年。とある事情で、筆談で会話する。

ケルヴィン
「暁」の一員。
生真面目で怖そうだが、
実は面倒見がいい。
ラグラー
一見チャラいが
実は頼れる、お兄さん的
存在な「暁」の一員。
グレイシス
「暁」メンバーの
魔法薬師で、お色気
たっぷりなお姉様。

# もしかして、異世界？

俺、山崎健斗《やまざきけんと》は今、とても混乱している。

ついさっきまで、自分の部屋でうとうとしながら、タブレットを使ってネットショッピングをしていた。

だというのに、気付いたら見たこともない場所にいたからだ。

積み上げられた石の上に、椅子《いす》に腰掛けていたのと同じ姿勢で、タブレットを片手に持って座っていた。

ゆっくりと立ち上がって辺りを見回してみても、自分の家の周りの光景と全然違う。

頬《ほお》を叩《たた》いたり、つねったりしたが普通に痛い。

うん、夢じゃないな。

上下左右、三百六十度見回しても、自分の部屋どころか日本にいる感じがしない。

地面を見れば、土でもコンクリートでもなく、レンガのようなものが敷き詰《つ》められている。

左右に並んでいるのは、本やネットでしか見たことがないような、色鮮やかな石や木組みのヨーロッパ風の建物で、今いる場所は少し狭い通路になっていた。

今までいろんな土地を旅したけど、日本国内でこんな場所があるなんて聞いたこともない。

ということは、いつの間にか寝てしまって、その間に誰かに海外に連れてこられたか……または異世界トリップをしたとしか考えられなかった。

ちなみに、ちらほらと近くを歩く人に視線を向けてみても、誰もがマンガやアニメのような服を着ていて、日本人らしき人物は見当たらない。

やっぱり、もしかして俺――

異世界に来たっぽい？

小説でもないのにそんな馬鹿なと思いながら、辺りを見回しつつ足を動かす。

しばらく当てもなく通路を歩いていると、突然道が開けた。

狭い通路ではほとんど人がいなかったが、そこは一変して大勢の人で溢《あふ》れていた。

俺はまるでコスプレ会場に来ているようだと思いながら、目的もなく歩く。

そんな時、ふと、ガラス張りの花屋が目に入り、その前で立ち止まった。

そしてその店に置いてあった、雌《お》しべの部分に人間みたいな歯を生やしている見たことのない花――ではなく、ガラスに映る自分を見て驚愕《きょうがく》した。

そこに映っていたのは、くたびれた外見の二十代後半の男ではなく、十代半ばの少し幼い外見をした少年だったからだ。

しかも、ぼさっとした黒い髪はサラサラな茶色に変わり、瞳《ひとみ》は翡翠《ひすい》色。

乾燥《かんそう》していたはずの肌は潤《うるお》いがあり、美少年というわけではないが、不細工《ぶさいく》でもない。

どちらかと言えば愛嬌《あいきょう》がある顔をしていた。

服装も、何年も着て伸びてしまったスウェットではなく、道行く人と似たものだ。

え、もしかしなくてもこの少年って……俺!?

花屋のガラスに映る自分をポカーンと見詰めながら、髪の毛や顔を触っていると、建物の中にいる花屋の店員らしき人物と目が合った。

外で自分の店に向かって変な行動をしている奴《俺》を見て、訝《いぶか》しげにしている。

俺はへらっと笑ってから、何事もなかったかのように、そそくさとその場から去ったのだった。


しばらく街中を当てもなく歩いた俺は、噴水《ふんすい》広場を見付けたので休むことにした。ほぼ真上にある太陽が眩《まぶ》しい。

「あー……もしかして、異世界トリップじゃなくて、異世界転生でもしたのか?」

人々で賑《にぎ》わう大きな噴水の近くにあったベンチに座りながら、自分の手を見て溜息《ためいき》を吐《つ》く。

変化した外見にそう漏らすと、聞こえてくるのは聞き慣れない大人よりも少し高い声。

まぁ、よく思い出してみれば、さっき見た顔は元の俺をベースに、こちらの世界風に調整してある感じだった。

よく読んでいたラノベの主人公とかであれば、勇者の召喚に巻き込まれたり、交通事故などに遭《あ》ったり、神様の手違いで死んじゃったりする感じでトリップやら転生やらをしていたっけ。

その中でも転生ものだったら、赤ちゃんから新たな人生が始まるのとか、何かの衝撃で前世のことを思い出すっていうのもあったけど……自分の場合は随分中途半端な年齢からのスタートのようだ。

神様からのお告げも何もないから、転生した理由は分からない。

しかしそんな俺の手元には、この世界では存在していなそうな物がある。

それは――タブレット。

この世界に来てからずっと、手に持ちっぱなしだ。

さっきは混乱してたから気にしてなかったけど、何で持ってるんだろう？　そう思って、タブレットを起動する。

タブレット自体は変わらないんだけど、指紋認証《しもんにんしょう》でロックを解除すると――今まで入れていたお気に入りのゲームや音楽、それに使い勝手がよかったアプリまで、全てがなくなっていた。

これにはショックで凹《へこ》んだ。

かなり課金していいとこまで行ったゲームもあったのにさ。

ただ、見慣れないものもあった。

今まで入っていたアプリの代わりに、新しいアプリのアイコンが六つほど並んでいたのだ。

どのアイコンも薄暗《うすぐら》くなっているけど、インストールされていないってことかな？

**カメラ**
**ショッピング　Lv1**
**情報　Lv1**
**レシピ　Lv1**
**■■**
**■■**

アプリにはレベル表記があるものとないものがある。

それに二つは、アプリのアイコンと名前の部分が黒塗《くろぬ》りになっていて、名称も分からない状態だ。

「……何だこれ？」

画面を見ていると、タブレットから突然ピロリンッと音が鳴り、画面中央に文字が表示された。

## 【ようこそ、異世界へ！】

それからすぐに、このタブレットの使い方の解説が始まった。

どうやら、これは電気ではなく俺が持つ魔力で動き、それが何らかの理由で枯渇《こかつ》しない限りは、半永久的に使えるらしい。

魔力なんてあるんだ！　と内心興奮《こうふん》しながら、掌《てのひら》を見詰め、そこから風が出てくるイメージをしてみる。

「……うん、まぁ、何も起きないよな」

よく小説にあるみたいに、イメージすれば魔法が使えるかと思ったんだけど……何も出なかった。

ちょっとどころじゃなく恥ずかしいぞ。

気を取り直して画面に表示された文章を読んでいけば、この世界の人間には、タブレットは本に見えているらしいと分かった。

タブレットをそのまま持ち歩くのが不便な場合は、腕に近付けると腕輪に変化するんだって。なんとも便利なもんだ。

なんて思っていると、新しい文字が表示される。

**【初めての異世界生活をする貴方に、初回ボーナス４３００ポイントをプレゼント！】**


なんつー微妙なポイントだ。

続けて表示された説明によるとアプリを使用出来るようにしたり、レベルを上げたりするのにもこのポイントが必要らしい。

ポイントを稼《かせ》ぐにはどうすればいいのかは、なぜか説明されなかった。

どうやって稼ぐんだよと思いながらも、試しに『カメラ』に触れてみると**【１０００ポイントを使いますか？　はい／いいえ】**と出たので、『はい』を押す。

すると、カメラのアプリの部分に時計のマークが現れた。何でだろう、インストール待ちってことかな？


**【初回ボーナス残り３３００ポイントです】**


ん～、何かあった場合に備えて残しておくのもアリだけど、どうしようか？

でもこのポイントの使い道って、アプリ以外になさそうだ。

だったら名前の見えているやつを使えるようにした方がいいかもしれない。

というわけで、早速実行。

残りの『ショッピング』と『情報』と『レシピ』にポイントを使うと、アイコンに時計のマークが付く。

マークが消えるのを待っている間、先にポイントを消費した『カメラ』が使える状態になったので、早速開いてみた。

まず、街の人達でも適当に撮ってみるか、とタブレットを持ち上げながら画面を見たら――

「おい、お前……どこから来た者だ」

頭上からの野太い声と共に、画面が紺色《こんいろ》一色に染まった。

固まりつつ、静かにタブレットから視線を上げてみれば、ガタイのいい強面《こわもて》のおっさんが俺を見下ろすようにして立っていた。

## 親切な人と冒険者登録

「仕事を探しにこの国に来たってのに、入国許可書や財布が入った荷物ごと全て盗《ぬす》まれちまうなんて……ツイてなかったな」

「はは……本当、ツイてないですよねー」

俺は今、日本で言う交番みたいな所にいる。

おっさんに声をかけられた時は、何かいちゃもんでも付けられるのかと思ったのだが、違った。

どうやらここ最近、旅行者や商人、それに仕事を探しにこの国にやってきた人達を狙《ねら》う窃盗《せっとう》事件が多く発生しているんだって。

それで、この街の警ら隊の隊長をしている強面のおっさん――アッギスさんが、街を巡回していたらしい。

その最中、一人で噴水の近くに座っていた俺を見て、声をかけてくれた……というのが、先程の出来事である。

顔に傷がある筋肉モリモリでガタイがいいおっさんが、怖い顔で見下ろしているから本当にビビったよ。

だが、アッギスさんは見た目に反してとても親切な人だった。

見かけない顔の俺が手荷物も持たず、本だけを見てボーッとしていたから、この国に職を探しに来た少年が荷物を盗まれて途方に暮れていると思ったんだとか。

本当は違うんだけど、この世界の身分証も何も持っていなかった俺は、その話に便乗した。

遠い故郷から日雇《ひやと》いの仕事をしながら、三ヵ月かけてこの国に出稼ぎにやってきた。それから、少し休憩《きゅうけい》をするつもりで荷物を地面に置いたら、目を離した隙《すき》に全てなくなっていた——と。

それでアッギスさんは、俺を励《はげ》ましつつ、ここへ連れてきてくれたのだった。

俺は出された茶を飲みながら、ふと、自分のことを『俺』から『僕』に変えようと思った。

元の自分であれば違和感がないかもしれないけど、今の少年の見た目なら『俺』より『僕』の方が合うと思ったのだ。

それに言葉遣いだって、少年ぽくした方がいいかもしれない。

ここからの僕は山崎健斗ではなく、少年ケント君である。

僕がそんなことを心の中で思っていると、アッギスさんが話し出した。

「まぁ、なんだ。盗られた荷物は探してみるが、見付かる可能性は低いとだけ言っておく。ただ、身分証は新たに作る必要があるな。ギルドで登録をすれば発行されるギルドカードが身分証の代わりになるし、国の市役所に行って市民登録をするという手もある。だが、市民登録は申請してから証明用のカードが来るまで時間も金もかかるから、ギルド登録を勧めるぞ」

「ギルド……ですか？」

「あぁ。ギルド登録は、初めての登録なら金もかからないし、発行もあっという間だ。ケントはどんな仕事をしたいのか決めているのか？」

「えっと、特にまだ決めてはいなくて……」

「そうか」

アッギスさんは僕を見ながら少し思案していたが、すぐに口を開く。

「ちなみに、掃除《そうじ》や洗濯《せんたく》は出来る方か？」

「へ？　それくらいは……まぁ出来ますが」

いきなり家事の話になって、頭の上にクエスチョンマークが飛ぶ。

洗濯と掃除くらいは一人暮らしをしていたから一通りは出来るかな。まぁ、料理はそれほどレパートリーがある方ではないけど。

それがどうしたのかと問えば——実は、警ら隊の独身寮で働いていた家政婦さんが老齢で辞めてしまったらしい。

そこで、僕がギルド登録をして、正式な仕事を見付けて独立するまでの数日間、住み込みで独身寮の清掃《せいそう》をしてくれると助かると言ってくれたのだった。

もちろん、僕に断るという選択肢は無い。

「あの〜……その、僕の身元がきちんと分かってもいないのに、こんな簡単に雇ってもいいんですか？」

「はは、そんなことか。なに、独身寮とはいえ戦い慣れている者達が集まる所だ。お前が何か悪さをしようとしても、すぐに気付くし捕まえられる。それに、寮には盗まれてヤバいモノは置いてない。あいつらが盗まれて悲しむのなんて、エロ本くらいだろ」

へぇ～、この世界にもエロ本はあるのかと思いつつ、僕の心は決まる。

「それじゃあ、お世話になります。これからよろしくお願いします！」

「おぅ、こちらこそよろしくな」

こうして、僕は警ら隊の独身寮で短期アルバイトをすることになったのである。

独身寮といえば聞こえはいいが、むさくるしい野郎共が共同で生活する場所であることを忘れていた。

アッギスさんに連れられて独身寮に来たんだけど、建物の中に入った瞬間、漂《ただよ》ってきた独特の男臭さや謎《なぞ》の匂いに鼻を摘《つま》む。

鼻呼吸から口呼吸に切り替えながらチラリとアッギスさんに視線を送った時、少しだけ眉間《みけん》に皺《しわ》を寄せていたのを僕は見逃さなかった。

ちなみにアッギスさんは、前はここに住んでいたが今は結婚しているので、既婚者用の一軒家に住んでいるらしい。

二人で少し早足になりながら廊下を進み、二階へと上がる。

寮の中は今は誰もいないのか、しんと静まり返っていた。

「少し狭いが、この部屋を使ってくれ」

前を歩いていたアッギスさんが、一番奥にあった部屋のドアを開けて、僕にそこを使うように言う。

アッギスさんと共に入った部屋の中は、確かに狭かった。

広さは二畳ほどで、ベッドと少し大きな籠《かご》が置かれている。

住むなら狭いけど、寝るだけだと考えれば不都合はないかな。

アッギスさんと出会っていなければ、僕はあのまま野宿生活をしなければならなかったかもしれない。

それを思えば、屋根があってベッドもある部屋で寝られるだけでも、大感謝だ。

部屋に置く荷物もないのでその場を後にして、掃除をする場所や独身寮の決まり事などを歩きながら聞いていく。

なんでも、個人的に使っている部屋の中は自分で掃除をするのが基本なので、僕がやらなくてもいいみたいだ。

そこで、廊下や食堂、調理室、そして談話室などの共用部の掃除を担当することになった。

あと、食事は調理師が作るけど人手が足りないから、野菜の下ごしらえだけでも手伝ってくれると助かると言われた。

それを聞いて、めっちゃ簡単な仕事じゃん！　と思ったのだが……

先に調理場に案内された僕は、自分の腰ぐらいの高さまである大きな籠に、山盛りに積まれた野菜を見て口をポカンと開けた。

この山積みの野菜――ジャガイモとニンジンの皮を剥《む》き、ゴボウのような土が付いた根菜類は外で洗わないとならないらしい。

よろしく頼むよ、と言われた僕は口元を引《ひ》き攣《つ》らせる。

「が、頑張ります」

こうして異世界での初めてのお仕事は、野菜の皮剥きから始まったのだった。


「はぁ～。疲れた」

初めての仕事を終え、部屋に帰ってきた僕はベッドの上に靴を脱いでからダイブした。

両手足を伸ばしてから全身の力を抜くと、途端《とたん》に眠気がやってくる。

一通り説明を終えたアッギスさんは、午後の仕事があるからと戻っていった。

あれから僕はすぐに野菜の皮剥きを始め、夕方前には終わらせた。ちょうどそのタイミングで寮へやってきた調理師に、数日程お世話になると挨拶《あいさつ》をしてから、アッギスさんに言われた場所の掃除をした。

暗くなり始めた頃、仕事が終わった警ら隊の皆さんが帰ってくるのと同時に、自分の仕事も終えた僕は、警ら隊の皆さんが食べる場所から少し離れた所で食事をしていたんだけど……

独身寮での食事は味が薄いか濃いかのどちらかで、ハッキリ言って不味《まず》かった。

お湯に少しだけ味が付いたようなスープを飲みながら周りを見れば、彼らは文句も言わずに普通の顔をして食べている。

まぁ、僕の場合は食べられるだけありがたいと思わなきゃいけないから、文句なんてないけどね。

ちなみに、体力勝負の仕事をする男達の食事風景は、凄《すご》いの一言だけだった。

ともかく、彼らが食べ終わって食堂を出た後に、使用した食器を洗い、食べかすやらゴミが落ちている机や床を掃除して、本日の仕事は終了したのだった。

今日の出来事を思い出した僕は、なかなかにハードだったと溜息を吐きながら、寝そべっていたベッドから起き上がってタブレットを手に取る。

ロックを解除して画面を開き、噴水の所で出来なかった確認をしようと思ったのだ。

早速画面の『カメラ』に触れ、アプリを開く。

「ん～、普通のカメラだよな～」

そこら辺のものを適当に撮《と》りながら、カメラを反転させて自撮りもしてみる。インカメラの方も、普通のカメラみたいだな。

さて、次は『情報　Lv1』だ。

「お、これは凄いじゃん」

なんとこのアプリでは、『カメラ』で撮った人物のステータスが表示される仕組みになっているみたいだ。

さっき自撮りした、就職用の写真みたいに真面目な表情の自分の写真をタップしてみる。

**【ケント・ヤマザキ】　Lv1**
**・種族：人族　　・■■：■■**
**・性別：男　　・■■：■■**
**・年齢：16　　・■■：■■**
**・職業：フリーター**

黒塗り部分が気になって触れてみるも、レベルが上がらないと見られないらしい。

どうやら今の僕のレベルだと、表示されるステータスもこれだけみたいだ。

そしてよく見たら、年齢が十六歳になっている。本当に若返ってるんだな……

他にも色々と調べてみたかったけど、疲れがピークに来ているらしく、押し寄せる眠気に勝てず、そのまま寝てしまったのだった。


次の日、僕はアッギスさんに教えてもらったギルドへと足を運んだ。

そう、ギルド登録をする為だ。

ギルドの場所が書かれた紙を片手に街を歩き、ようやく目的地へと着く。

そこはいかにもゲームに登場するような見た目の、石造りの大きな建物だった。

外壁《がいへき》の一部にガラス張りの掲示板があり、様々な色の紙が貼られている。

建物の中に入ると、僕と同年代ぐらいの子供から見た目七十代ほどの老人など、老若男女《ろうにゃくなんにょ》がひしめいていた。

やはり目につくのは、魔法使いっぽいローブを着込んだ人だったり、長剣や大剣を腰や背中に差している剣士風だったり、ボディービルダーみたいな筋肉ムッキムキマンだったりだ。

とはいえ、僕みたいなひょろっとした外見の男の子や女の子も、チラホラといるようだった。

中に入って少し進むと受付の窓口が五箇所あり、ちょうど人が去って空いた所へと足を向ける。

受付には可愛らしいお姉さんがいて、僕を見てにこりと笑いかけてきた。

「こんにちは。本日は何かご依頼などございましたか？」

「あの、ギルド登録をしたくて来ました」

「かしこまりました。今まで、他のギルドなどで登録されたことはございませんか？」

「いえ、今回が初めてです」

「それでは登録をいたしますので、この紙に右手を。水晶には左手を置いてください」

「分かりました」

お姉さんは僕の前に薄い水色の紙を置き、その隣にハンドボールほどの大きさがある水晶を置いた。

僕が言われた通りそれぞれに手を置くと、お姉さんはその場で不思議な呪文を唱える。

すると、紙と水晶が淡く光り出し――

手を置いていた紙が徐々に名刺サイズまで縮んだ。

「はい、手を離していただいて結構ですよ」

「あ、はい」

僕が手を離すのを見て、お姉さんは一枚の紙と、今縮んだ水色の紙を手渡してくる。

「ケント・ヤマザキさん……ですね。これでギルド登録は終了いたしました。こちらはギルドの仕組みなどを記載《きさい》した説明書と、登録書――ギルドカードです」

そう言って、お姉さんは説明してくれた。

どうやら今の一瞬で、僕の個人情報が水晶とギルドカードに登録されたらしい。

ギルドカードの初回発行は無料だが、二回目以降は有料。登録完了したのでこれ以降依頼を受けられるが、ランクによって制限がある……など、詳しい説明はギルドカードと一緒に渡された紙に書いてあるそうだ。

「ありがとうございます」

僕はそうお礼を言って、ひとまず警ら隊の独身寮へと戻ることにした。


独身寮へ戻る前に、先にアッギスさんの所に行って無事に登録書を貰《もら》えたことを報告しておいた。

こんなに簡単に登録出来ていいのだろうかと聞いてみたら、登録する時に使われる水晶は特殊なもので、犯罪者や薬物依存者など、危険人物だと判断された者は登録出来ない仕組みになっているんだとか。

その他にも色々あるみたいだけど、魔術師じゃないから詳しい仕組みは分からないと言われた。

アッギスさんに報告した後、寮へ戻ってその日の仕事を終わらせてから、自室で受付のお姉さんからもらった説明書を見てみる。

「おっ、文字が読めるなんてラッキー！」

転生特典か何かなのか、日本語ではない文字を苦も無く読めた。

これはかなり嬉《うれ》しいな。

「え～っと、なになに……」

説明書を読めば、こんなことが書かれていた。

ギルドに登録した者は、『ギルド員』と呼ばれる。

そのランクはDから始まり、C、B、A、S、S+、0《ゼロ》と、全7ランク。

ギルド登録をしたばかりの初心者――つまり僕のランクはD。

そして頂点の0《ゼロ》は〝数字持ち〟とも呼ばれる。

まぁ、DとCはほとんど同じようなもので、だいたいの人はすぐにDからCへ上がることが出来るらしい。ちなみに、Cランクへの昇級試験は、ギルド職員が選んだDランクの依頼を二週間の間に合計三十件連続で成功すれば合格になる。

そして、DとC同士でのパーティは組めず、いわゆる個人プレーが必須《ひっす》。また、ダンジョンも浅い層しか入れない。

もっとも、雑用係としてならBランク以上のパーティへの加入が認められている。

だけどその場合、いわゆる非戦闘員となる為、依頼を達成したという評価はもらえない。依頼報酬の五パーセント分の金額が、ギルドから直接支払われるのは保障されているけど……多いのか少ないのかよく分かんないな。

Cランクまでは、『駆け出し』と呼ばれ、Bランクからが『冒険者』という扱いになる。

ここから、パーティを組んだり、ダンジョンの中層へ入ったり、旅人の護衛依頼を受けたり出来るようになるのだ。

戦闘や攻撃魔法が得意な者ならば、すぐBランクになれる。

が、ここからAへ上がるのが、かなり大変らしい。

そのためBランクには弱い奴から、そこそこ強い奴まで幅広くいて、人数が一番多いランクだ。

Aからは、貴族や裕福な商家の護衛依頼、凶暴な魔獣討伐の依頼を受けることが可能になり、ダンジョンも中層以上の、強いレベルの魔獣や魔草が発生する地下層へと潜れる。

人数はそこそこいるが、命を落とす者が最も多いランクだ。

依頼の性質上、ここから報酬金が跳ね上がる。

その上のSには、かなりの実力者でなければなれず、ここから人数はグッと少なくなる。

Sランクには、指名依頼や依頼達成率、依頼主の評価、倒した魔獣の素材や魔石などの売り上げ、そして個人の戦闘能力がずば抜けて高い、一握りの者がなれる。

このランクになると、国から直接依頼が来ることもあるんだとか。

S+は、各地に点在するギルドを運営する、ギルドマスターが持つランク。

能力は計り知れない……としか説明書には書いていない。

最後に0《ゼロ》ランク。

このランクは〝数字持ち〟と呼ばれ、世界中で数人だけしかいない。

国によっては〝勇者〟や〝英雄〟とも言われる。

数字持ち一人だけで一国を滅ぼすことも出来るらしく、その能力の凄《すさ》まじさに、〝悪魔の化身〟と囁《ささや》かれることもあるんだとか。

そして、体のどこかに特殊魔法で数字の『0』が刻み込まれているんだって。

そうそう、それからダンジョンについても説明があった。

ダンジョンは初級、中級、上級という分類があり、その中は表層、中層、深層と分かれ、深くなるほど敵が強くなるそうだ。この街の近くにも、各級のダンジョンが揃《そろ》っているらしい。

また、毒だらけだったり、モフモフだらけだったり、何かに特化している特殊ダンジョンというものもあって、突発的に発生するんだとか。危険度はピンキリって話だけど……危なくないやつだったらちょっと気になるな。

その他にも説明書には色々と書いてあり、内容を読み終わった僕は考える。

それなりに生活が出来るようになるには……当たり前だけどお金が必要だ。

けれど、DランクやCランクでは報酬が微々《びび》たるものだから、それより上のランクを目指した方がいい。

かといって、一人でせっせと依頼をこなしたとしても、Bランクになるには時間がかかるし、殴り合いの喧嘩《けんか》もしたことがない上に攻撃魔法とかの戦闘手段もない僕じゃ、昇級出来る気もしない。となると稼ぐのに手っ取り早いのは、説明書にも書いてあるように、雑用としてBランク以上のグループに入れてもらうしかない。

「一応、明日もう一度ギルドに行ってみるか」

今の僕でも受けられる依頼があるかどうか確認して、それから、どんなパーティになら入れそうか、受付のお姉さんに聞いてみよう。

翌日、寮の仕事を終えた僕は早速ギルドへと足を運んでいた。

昨日部屋で読んでいた説明書には、パーティの増員募集や仕事の依頼は専用のボード――掲示板みたいなものに紙で貼り出されているらしい。その紙を持って受付に行けば、依頼を受けられると書かれていた。

ちなみに、この世界でのお金の単位は『レン』。日本の『円』を『レン』と読み替える感じだ。

また、硬貨は使われておらず、代わりに全て一万、五千、千、百、十のお札があり、日本のように一円単位では計算されないみたいだ。

ゲームや小説なんかだと、よく貴金属の硬貨が使われているイメージだけど、こっちの方が覚えやすいし、重くもなくて助かる。

何より、ギルドカードや市民登録証を持っていれば、そこから直接支払えるのがありがたい。いわゆるキャッシュレスってやつだね。おかげでお財布が札束で膨《ふく》れる心配もない。

依頼の確認をしている人達の間をすり抜けながら、ボードの前へ体を捻《ね》じ込む。

体が若返ったのと同時に身長も低くなってしまった弊害《へいがい》で、ボードに貼られている紙が見えにくい。

「え～と……なになに？」

顔を上げ、依頼書を見てみる。

**Dランク依頼**

**《庭の雑草取り　1800レン》**

**《犬の散歩（四匹）　2300レン》**

**《子供のお守り（二十二時間ほど）　3000レン》**

**Cランク依頼**

**《家に住み着いた魔蟻《まあり》の駆除《くじょ》　6500レン》**

《庭に生えた毒草の除去　7900レン》
《猛犬の躾《しつ》け（調教師の資格保持者求む）　8800レン》

**Bランク依頼**

《幻覚キノコの討伐（出来高払い有り）　最低45000レン〜》
《ギスタント商会の運搬《うんぱん》護衛を六日間（募集人数は六名）　一日78000レン》
《素材の収集（空魚《くうぎょ》、幻視鳥《げんしちょう》）　一体につき156000レン》

などなど、他にもいろんな依頼書が掲示されていた。

上の方にあってよく見えないけど、Aランクからは、目にする限り依頼金は最低でも五十万。

しかも、報酬金が高くなればなるほど『命の保証無し』の言葉が付け加えられている。

そんな依頼書を見ながら、僕はDの中でどの依頼をやろうかと悩む。

説明書には、受けた依頼は必ず達成した方がいいと書かれていた。

「ん〜……よし、無難に部屋の掃除にしてみよう」

僕はボードの端っこに貼られている《部屋の掃除　1500レン》という依頼書を剥《は》がし、それを持って受付窓口へと歩いていった。

「すみません、これをお願いします」

「かしこまりました。それでは、ギルドカードの提示をお願いいたします」

「はい」

僕は腕輪の中からギルドカードを取り出し、職員さんに渡す。

そうそう、このタブレットが変化した腕輪は、収納ボックスにもなる。入れられるのは無機物だけだが、凄く便利だ。

実は街中で、似たようなアイテムを見かけたんだけど、ものすごく高価だったんだよね。

だから、先日ギルド登録をした後、タブレットの画面が光ったと思ったらお知らせマークが出て、腕輪の時は収納ボックスにもなると表示されたのを見て、ラッキーと思った。

というわけで今は、失くしたらかなり困るギルドカードを入れて歩いている。

本当に便利。

「ありがとうございます……カードをお返しいたします。こちらはDランク依頼――依頼者フェリス・ネリで、《部屋の掃除》ですね。お間違いありませんか？」

「はい、大丈夫です」

「こちらの詳細ですが、主に台所を綺麗《きれい》に掃除してほしいそうです。道具は依頼者が用意していますが、使いたいものがあれば持参も可とのこと。それと、日にちや出向く時間の指定はありませんが、所用時間は三時間を目安にと書かれております」

「あの、突然ですが……これから行っても大丈夫ですか？」

「少々お待ちください。こちらの方で依頼者に確認してまいりますので」

「よろしくお願いします」

職員さんは立ち上がると後ろにあったドアを開けて出て行ったが、すぐに戻ってきた。

「お待たせいたしました。確認してみたところ、これから伺《うかが》っても大丈夫とのことです」

「本当ですか？」

早いな、通信用のアイテムでもあるんだろうか。

「はい。依頼者のお住まいは少しここから離れていまして、手書きですが地図を書きましたのでこれを見ながら行ってください」

「わぁ～、何から何まですみません！　ありがとうございます」

「いえ。初めての依頼、頑張ってくださいね」

職員さんはそう言って微笑《ほほえ》みを浮かべる。

こうして僕は、ギルド登録してから初めての仕事をゲットした。

# 依頼人は美人エルフ

ギルドから出た僕は、そのまま街の外れまで足を運んだ。

職員さん手書きの地図を見ながらしばらく歩いていると、街から少し離れた場所にボロっちい家が見えてくる。

他に家があるかと周りを見回してみても、かなり離れた場所にポツポツと点在しているだけ。

地図に赤い丸で囲われた目的地は……どう見てもあのボロっちい家を指している。

本当にここかと首を傾げながら歩いていくと、すぐ目的の家の前に着いた。

普通の一軒家みたいではあるけど、家をグルリと囲む石の塀にはヒビが入っていたり、崩れかけている部分があったりする。

庭らしきスペースに視線を向ければ、雑草が生え放題だった。

一体、どんな人物が依頼人なんだ⁉

恐る恐るといった感じで玄関のドアを叩く。

「は〜い」

家の中から聞こえてきた声は、僕が想像していたものより随分若い女性の声。

玄関のドアが開くと、中から現れたのは――

めっちゃ綺麗なエルフの女性であった。

長い白金色の髪はハーフアップにしていて、アメジストの瞳は引き込まれそうなほど澄んだ色をしている。

美人なエルフ女性に見惚《みと》れてしまうが、彼女は華奢《きゃしゃ》な見た目に反して僕より身長がデカかった。

「えっと……君は、ギルドから派遣されてきたケント君ですか？」

「え？　あ、はい！　ケント・ヤマザキです。今日はよろしくお願いします」

生まれて初めて生で見たエルフに、口をポカンと開けてしまっていた。

うわぁ～、恥ずかしい。

「私はフェリスよ。こちらこそよろしくお願いします」

慌てて挨拶をすると、エルフの女性――フェリスさんは柔らかく微笑み、家の中に招いてくれた。

一歩家の中に足を踏み入れると、外とは違ってそれなりに綺麗に使われている。

しかし、そう思えたのもそこまでだった。

「今日君にやって欲しい仕事は、依頼書にもあったように台所の掃除です。道具はこちらで用意したので、好きな物を使ってください」

「…………」

フェリスさんに案内された台所を見た瞬間、僕の思考は一瞬止まる。

使用後、洗いもせずに積み重ねられたのであろう鍋や食器の数々。

いつ食べたものか分からない残飯。

何が付着しているのか、もはや分からないぐらいに黒ずんだシミや汚れ。

排水溝《はいすいこう》やゴミが入っている袋から漂ってくる、不快な匂い。

――腐海《ふかい》だ。

ぞぞぞーっと鳥肌が立つ。

腕を抱えながら心の中でぎゃーっと叫んでいると、フェリスさんは台所の中を見回しながらエヘッと笑う。

「本当は、私以外にもあと四人ほどこの家で共同生活をしているんですけど、み～んな掃除やものを洗うのが苦手で――」

能天気に頭を掻《か》きながら笑うフェリスさんに、僕は真顔で口を開く。

「フェリスさん」

「あ、はい」

「……僕、これからここの掃除をすぐにでも始めたいと思うんですが、いいですか？」

「え？　えぇ、もちろん。バケツやタワシ、ゴミ袋、雑巾《ぞうきん》などは用意しましたが、他には何か使いたいものはありますか？」

「それじゃあ、綺麗なタオルを一枚用意してもらえますか？　そうしたら、すぐに取りかかりますので、その間は一人にしてもらえると助かります」

「は、はい、分かりました。ちょっと待っててくださいね？」

それから、フェリスさんが持ってきた綺麗なタオルを受け取ると、フェリスさんは少し書類仕事をするからと言って台所から出ていった。

彼女の後ろ姿を見送った後、受け取ったタオルで口を覆《おお》った僕は、仕事に取りかかるべく腕捲《うでまく》りをする。

こんな汚い台所……だらだらやっていたら三時間なんかあっという間に経ってしまう！

まずは食器や鍋に付着している汚れや残飯をゴミ袋に入れ、シンクや排水溝の中も綺麗にする。

次に、汚れは上から撃退していくべし！　と、壁に付着している汚れを取ろうと、洗剤を付けたタワシでゴシゴシと擦《こす》るのだが……力を入れても全然取れない。

「んがーっ！　汚れが落ちないいっ」

しばらく汚れた壁と戦っていたが、汚れは全く落ちておらず、力を入れ過ぎてただ腕が痛いだけ。

どれくらいの時間が経過したのかとタブレットを取り出して画面を確認してみれば、そろそろ一時間が経とうとしていた。

時間はあっという間に過ぎていく……

なのに、全く終わる気配がない。

これじゃあ、初めての依頼は失敗に終わる――そう思ってタブレットを腕輪に戻した時、ふと、その腕輪が光っているのに気付いた。

何だろうと、すぐに腕輪をタブレットに戻す。すると……


**【『ショッピング　Lv１』――起動しますか？】**


という表示があった。

そういえば、使える状態にだけはしておいたけど、また一度も開いてなかったっけ。

ホーム画面に移動すると、『ショッピング　Lv１』の横にお知らせマークが付いていたのでタップする。

**【お知らせ――『ショッピング』では、ポイントと交換で、地球で売られているものを何でも買うことが可能です】**

**【※100円の商品を買いたいなら、100ポイントが必要。ポイントが足りない場合、こちらの世界のお金をポイントに交換《チャージ》出来ます。交換方法は、現金をタブレットの画面に置くだけ】**

**【『ショッピング』のレベルが1の場合、地球上で100~300円（税はかかりません）の商品しか買えません。レベルを上げるとそれよりも高いお買い物が出来ますので、どんどんレベルを上げていきましょう！】**


なんて書いてあった。

そこで、僕は『ショッピング』アプリの商品検索の欄《らん》から『超激落ちるよスポンジ君』があるか調べてみる。

このスポンジは、僕が一人暮らしをしている時に大変お世話になったものである。

小さなスポンジが一つの袋に大量に入っており、金額はめっちゃ安いのに汚れはガッツリ取れるすぐれものだ。

検索の結果、お徳用のパックが100ポイントで買えるとあったので、迷わず購入。

すると、僕の掌に魔法陣のようなものが浮かび上がり――『超激落ちるよスポンジ君』の袋が現れた。

それを見て、本当に本物が出てきたと感動する。

僕は早速袋の口を開いて小さなスポンジを取り出して、少し水をつける。そして頑固《がんこ》にこびり付いた汚れを落とすべく、壁にスポンジを当てて擦ると……

「うおっ、何だこれ!?」

スポンジで擦った壁の部分だけ、ドロドロの汚れがこびり付いた茶黒の色から、真新しい壁のようになっているではないか！

元々、こんなに汚れが落ちたっけ？

スポンジと壁を何度も見比べながら、僕は恐る恐るスポンジで違う部分を擦ってみる。するとまたしても、大して力を入れているわけでもないのに、頑固な汚れがスルスルスルリと取れていき、綺麗な壁が見えてくる。

力を入れなくてもここまで綺麗になると分かると、俄然《がぜん》やる気が出てきた！

小さくなって使えなくなったスポンジを新しいのに変えて、台所中の頑固な汚れをスポンジで撃退していく。

壁を綺麗にした後は換気扇《かんきせん》部分を掃除する。そして穴が開いている鍋や割れた食器はゴミ袋へ入れて、使えそうな鍋や包丁、食器や水切りカゴ、それに台所にある水栓やシンク、ワークトップやコンロのような所をスポンジを使って磨き上げ続けた。

そして……

ふぅっと息を吐き出しながら腰に手を当てて台所を見れば、あの腐海だった台所が見違えるように綺麗になっていた。

最後に、ゴミや使えなさそうな食器や鍋を入れておいたゴミ袋の口を結んで外に一旦《いったん》出して、床の掃除に取りかかる。

スポンジの袋を見れば、残りはほんの僅《わず》か。

「よっしゃ、あと少しで終わるぞ！」

僕は気合を入れ直して床にしゃがみ込む。

しかし、本当に力を入れずに汚れや錆《さび》や焦《こ》げが取れるから、この仕事が楽しくなりつつあった。

でもやっぱり、これは汚れ落ちすぎだよな？　と疑問に思っているうちに、床の掃除も簡単に終わっていたのであった。


「やっと終わったぁ～」

額に滲《にじ》む汗を腕で拭いながら立ち上がり、辺りを見回す。

ドロドロネバネバガッチガチにこびり付いていたものはなくなり、腐敗臭が漂っていた腐海は、綺麗な台所へと戻っていた。

薄暗かった台所の中が、明るくなったような気さえする。

「ケント君、そろそろ三時間だけど、休憩でも——って、うえぇぇぇぇぇっ⁉」

掃除の終わった台所にフェリスさんが入ってきたと思ったら、台所の中を見て驚愕した。

「あ、フェリスさん。ちょうど掃除が終わったところです」

「えっ、えぇ⁉　あの、ケント君」

「はい？」

「これ……一人でやったの？　こんな短時間で？」

「は、はい」

僕がそうだと頷《うなず》けば、フェリスさんは興奮して僕の肩を掴《つか》んでくる。

「どんな魔法を使ったの⁉」

華奢な見た目に反して、意外と力が強いですね。

肩が痛いわーと思いながら、魔法は使っていないこと、普通に自力でやったことを伝えると、

「あの惨状《さんじょう》をここまで綺麗にしてくれるなんて」とフェリスさんは感動していた。

「フェリスさん。台所で料理をした時、道具や食器は使い終わったら洗う。生ゴミは溜めないです ぐに捨てる。汚れたら拭く。これを皆さんで徹底してください。そうすれば、いつでも綺麗に使えますよ？」

「いやぁ～、おっしゃる通りです。気を付けます」

フェリスさんは長い耳をへにゃっと倒しながらそう言うと、ポケットから一枚の名刺サイズほどの紙とペンを取り出す。

そしてそれに何かを書き込んでから、僕に渡してきた。

**依頼——達成**
**報酬——1500レン＋報酬上乗せ金3000レン**

紙には、そんな文字が書かれていた。

「えっと……？」

「これは依頼達成カード。ギルドの窓口に提出すれば報酬金が貰えるんです。今回は、ある程度片付けられればいいと思っていたくらいなんですけど、たった数時間でここまで綺麗になるなんて思ってませんでした」

フェリスさんは台所の中を見回しながら、もう一度僕を見ると、にこりと笑う。

「私が思っていた以上の結果を出してくれたから、報酬金を上乗せしました」

たった三時間台所の掃除をしただけで４５００レン！

めっちゃいいバイト！

や、普通にタワシで掃除してたら無理な作業だったけど……本当スポンジ様々だ。

「あ、ありがとうございます！」

「いえいえ、こちらこそお掃除ありがとうございます。また何かあったらよろしくね」

「はいっ！」

こうして、好調な出だしでギルドの仕事を終えることが出来たのであった。


ギルドへと戻った僕は、窓口で依頼達成カードを職員さんに渡す。

職員さんはお疲れ様でしたと言いながら僕からカードを受け取ると、報酬は現金か、それともギルドカードの中へ直接送るかと聞いてきた。

半々ずつに分けてもらえるか聞いてみたら、それも出来ると言われたので、そうしてもらう。

職員さんは机の上に刻まれている魔法陣の上に依頼達成カードを載《の》せると、呪文を唱える。

すると、カードが魔法陣の上で溶けるように消え、次の瞬間には革袋《かわぶくろ》が載っていた。

「今回、報酬金４５００レンを、現金とギルドカードへと半分ずつ分けました。ご確認ください」

「あ、はい」

ギルドカードを取り出して確認すると、確かにカードの端に『２２５０レン』という文字が追加されている。次に革袋の中を調べると、きちんと金額分が入っていた。

「はい。確かに、入っています」

「それでは、本日はお疲れ様でした。次回もよろしくお願いいたします」

お金が入った袋を持ってホクホクしながらギルドを出る。

アッギスさんの厚意で紹介してもらった寮の仕事は、まだ給料が出ていないので、今回が実質異世界での初給料だ。

今回は思ったより多く報酬金が出たけど、いつもそうだとは限らない。

だから、自分が出来る範囲の依頼を多くこなし、お金を貯《た》められるだけ貯める。

そして、ある程度お金が貯まったら、狭くてもいいから住める家を探す。

これを今後の目標にしよう。

——そう思っていたのだが。


それから半年が経った頃、僕はまたしても噴水広場のど真ん中で途方に暮れていた。

## パーティへの加入

初めての依頼を終えた後、目標を持った僕は自分が出来る範囲内の依頼を多く受けて、報酬金を貯められるだけ貯めていった。

実直に働く姿を見た依頼人やギルド職員に、徐々にではあったがいい評価を貰うことが出来ていたと思う。

毎日依頼を受けに来るうちにギルド職員さんとも顔馴染《かおなじ》みになった頃、Bランクで雑用係を探しているパーティがいるから、もしよければそこへ入るのはどうかと提案された。住み込みも出来ると言われたので、僕はすぐにその提案を受け入れたのだった。

それからの流れは早く、アッギスさんには大変お世話になったと感謝を伝え、独身寮の人達にも挨拶をしてから、あっという間に新たな職場――Bランクパーティ『龍《りゅう》の息吹《いぶき》』へと移った。

龍の息吹は十人ぐらいの男女からなるパーティで、雑用しか出来ない僕にも温かく接してくれる人達が多かった。

僕が入った時は、Aランクの人が四人いて、残りの人達が全員Bランク。

龍の息吹がBランクパーティからAランクパーティになるには、雑用《僕》以外の全員がAランクにならなくてはならず、長らくBランクパーティで停滞しているらしい。

僕の仕事はシンプルだ。まず、彼らがダンジョンに行く時に、ダンジョンの手前や魔獣の討伐現場近くにまで付いて行く。そして必要な道具や武器を準備したり、怪我をして戦線離脱して来た人へ回復薬を渡したり、戦闘後は持てるだけの荷物を持って帰ったり、といった戦闘以外の雑用をする。

それと、魔獣の討伐依頼や、ダンジョン探索、それに長い護衛の任務などで疲弊《ひへい》していた彼らの為に、別の仕事もしていた。こっそり『ショッピング』で買った裁縫道具で、武器や防具の手入れをし、破けた服の修繕を出来る範囲でやっていたのだ。

他にも『ショッピング』で家の掃除道具を仕入れては、常に室内を綺麗に保ったり……そうして慣れない仕事を頑張れば頑張るほど、パーティの皆の力が増していくようだった。

もしかすると、僕がこことは違う異世界の道具を使っているからかもしれない。

あ、食事については、彼らは外で食べる習慣があるらしく、作る必要が無かった。

僕は外に出ている屋台で食べ物を買ってきては、『ショッピング』で買った醤油《しょうゆ》を垂らして食べてたよ。ビバ醤油！

そうそう、自分の時間も作れたので、ギルドでDランクの仕事をこなしてCランクにも上がれた。

簡単だったんだよね。

それに、自分で稼いだお金とパーティから支給されたお金を合わせると、生活に必要な金額以上になり、タブレット内のポイントがかなり貯まっていて、心の中ではニヤニヤしてしまった。

更に、ある日アプリの『情報』を見たら、自分のレベルが4に上がっていたこともあって、龍の息吹に入ってからいいこと尽くめだと喜んだ。

このまま順調にレベルが上がってお金も貯まれば、『ショッピング』のレベルを上げてもっと高い買い物が出来るようになるだろう。『情報』の中にある、今は黒塗りになっていて見られない部分も表示されるようになるはず……そう考えていた。

ところが、僕を取り巻く状況の変化は徐々に始まっていた。

実力がつくにつれて皆のランクが上がり、避けては通れない問題が出てきたのだ。

それは、危険なダンジョンへ赴《おもむ》くことが多くなり、今までのように彼らについて行ってサポートすることが難しくなってきた、というもの。

今まではそんなに難度が高くない初級〜中級ダンジョン深層手前辺りへ行っていたが、皆のランクが高くなれば、難度が高い上級ダンジョンで討伐依頼を請け負うことが多くなる。

上級ダンジョンともなると、入口付近でも強い魔獣が出てくる場合があるので、ランクが低い者——つまり、Ｃランクの僕にとってはかなり危険で、彼らのサポートどころか足手纏《あしでまと》いになっていた。

そうなると、家の中を掃除したり彼らが使う道具を磨いたりするくらいしか、やることがない。

彼らが危険な場所へ行って戦った報酬金の一部は、もちろん僕にも入ってくるし、手取りも今までより多くなる。

結果、家で掃除洗濯や道具の手入れをしているだけで金が手に入る僕のことを、よく思わない人がチラホラと出てきた。

まぁ、そう考えるのもしょうがない。

もし自分が反対の立場だったら……同じように思っていたかもしれないからだ。

龍の息吹のリーダーや今までよくしてくれた人達は、気にしなくてもいいと言ってくれた。

だけど僕自身が、パーティにこのまま居続けることが申し訳なく思うようになってきて……

僕は自主的に龍の息吹から出ることにした。

短い期間だったけど、彼らと一緒に仕事が出来てよかったと思う。

少ない荷物を纏め、今まで世話になったことの感謝を伝えてからパーティの拠点を出たのが——

一時間前の出来事であった。

ベンチに深く腰掛け、ボーッと夕陽を眺めながら溜息を吐く。

これからどうしようか……

住み込みで働いていたから、またしても家なき子状態に舞い戻ってしまった。

龍の息吹に在籍していたおかげで、ある程度お金は貯まっている。

といっても、新居を探すには時間がかかるだろうから、それまでは宿に泊まらなければならない。

お金だって無限じゃないのだ。

貯金を切り崩す生活を続けて、いざ何かあった時――たとえば病気をした時にお金が足りなくなったら、かなり痛い。

かといって、またアッギスさんに独身寮で雇ってくださいとお願いしても、受け入れてもらえる保証はないに等しい。

あれから時間も経っているんだ、もう既に誰か違う人を雇っているだろうし。

「はぁ～。本当、どうしたもんかね……」

うがーっと頭を掻きむしろうとした時――

「あれ、そこにいるのは……」

背後から聞こえてきた声に振り向いた僕は、目を見開いた。

「……あ」

「やっぱりそうだ！　ケント君、ここで何をしているんですか？」

あの腐海な台所を作り上げた家の住人の一人である美人エルフが、笑いながら僕を見下ろしていたのだ。

「——そんなことがあったのね」

立ち話もなんだからと近くのカフェに移動してお茶を奢《おご》ってもらった僕は、つい自分の境遇をフェリスさんに話していた。

彼女は話をうんうんと聞きながら、六人くらいで食べそうなサイズのホールケーキを一人でバクバク食べていたが、食べる所作は美しい。

速攻でホールケーキを完食したフェリスさんは、ナプキンで口元を拭いた後、「ケント君が落ち込む必要は一切無い」と言う。

ちなみに彼女は、僕の話を聞くうちに敬語が外れていた。

「……そう、でしょうか」

「そうよ。いい？　非戦闘員には非戦闘員の仕事が、戦闘員には戦闘員の仕事があるの。ケント君は非戦闘員としてそのパーティに入ったのだから、気に病む必要なんて一切ないわ。ケント君が彼らのサポートを一生懸命していたからこそ、それまで万全の状態で依頼を——仕事をすることが出来ていたんだから」

自信満々に言い切るフェリスさんを見ていると、僕の中に燻《くすぶ》っていた感情が晴れるような気がした。

「……フェリスさんにそう言ってもらえて、気が楽になりました。ありがとうございます」

頭を下げると、気にしないでと手を振られる。

「それよりケント君、これからどうするか決まっているの？」

「あ～……実は、何も決まっていません」

決まってないどころか、住む家さえも無い！

途方に暮れていると、「それじゃあ」と言いながらフェリスさんが手を叩いた。

「ねぇ、ケント君」

「はい？」

「ケント君はどこかのパーティに入る予定はある？」

「いえ、これから探そうと思ってますが……」

「本当？　なら、ケント君さえよければ私達のパーティに入らない？」

「えっ!?」

「ただいま～！」

僕の腕を掴んで、あのボロっちい家の玄関を開けたフェリスさんは、元気な声を出しながら部屋の中に入っていく。

鼻歌を歌いつつ、僕を連れてどんどん家の中へ入っていく彼女に、僕は慌てた。

「あ、あの、フェリスさん？　急に僕を連れてきたりして、フェリスさんの仲間――『暁』の皆さんに怒られるんじゃ……」

そう、彼女はBランクパーティ『暁』のリーダーだというのだ。

「大丈夫！　私がリーダーだからね、嫌とは言わせないわ。嫌なら出ていけ、よ！」

独裁かっ!?

と心の中で突っ込んでいると、フェリスさんは広間の扉を開き、中にいた人達に笑顔で告げる。

「皆、新しい仲間がふ・え・た・よぉ～♪」

すると、広間で寛《くつろ》いでいたらしい二人の人物がこちらに目を向ける。

以前ここに来た時には見かけなかった人達だ。

一人は、おかっぱ頭に眼鏡を掛けた、僕と同じような年代の少年だった。

分厚い辞典のような本から顔を上げて、フェリスさんを呆《あき》れた表情で見ている。

もう一人は、ソファーの上で寝っ転がっている細身の男性だ。

見た感じはひょろっとしてそうだけど、捲っている袖口《そでぐち》から覗《のぞ》く腕や、ピタッとしているシャツから見える腹には、ガッチリとした筋肉がついている。

「……あぁ？　フェリス、お前、食材を買いに行ったはずなのに、何で子供なんかを連れてきてるんだよ」

包帯のような赤い布で頭部を適当に覆い、黒くて長い髪が特徴的な彼は、もう一人の少年と同じく呆れた表情でフェリスさんを見ている。

そんな彼らの視線なんて気にした様子もなく、フェリスさんは「他の二人は？」と辺りを見回しながら聞く。

するとちょうど、二階へと続く階段の方から声が聞こえた。

「大声で何を言ってるのかと思って下りてみれば……一体どういうこと？」

「………………」

そちらへ視線を向けると、二人の人物——たぶん、フェリスさんが探していた人達が僕達の方へ向かってきていた。

フェリスさんが清楚《せいそ》系美女なら、その人はグラマラス美女と言えるだろう。

長くて緩くウェーブがかかった蜂蜜《はちみつ》色の髪を持ち、大きな胸をこれでもかと見せ付ける扇情《せんじょう》的な服を着た女性が、気怠《けだる》げな感じでこちらを見ていた。

もう一人は、めっちゃ生真面目そうな顔をした男性だ。

短い髪を後ろに撫《な》でつけ、服も、もう一人の男性と違って着崩していない。

フェリスさんは皆が揃うと、僕の肩を掴んで宣言する。

「皆、この子が今日から暁《うち》のメンバーになるケント君です！　以前台所の掃除をしてくれた子よ。ちなみに、龍の息吹を今日抜けたってことでスカウトしました！」

最初はどうでもよさそうな感じでフェリスさんの話を聞いていた彼らは、台所のくだりのあたりから興味を持ちだしたようだ。

「あの台所を綺麗にした子か？」

「龍の息吹といえば、ここ最近頭角を現してきたパーティだろ？」

「あぁ、そういえばそんなパーティがあったな。でも、急に強くなったって言われてなかったか？」

「どうやったのか、ギルドの奴らも首を傾げてたな」

頭をぐるぐる巻きにした男性と、キッチリ服を着込んだ男性が話し合っていると、メガネっ子は何も言わずに、また本に視線を落として読み始める。

グラマラス美女が首を傾げながら僕の方を見て問いかけてきた。

「坊《ぼう》やは前のパーティでは何をしていたの？」

「僕は……ランクがCなので雑用をしていました。皆が使っていた防具や服の手入れだったり、家の中の掃除だったり……」

そう伝えると、フェリスさんは、だから僕に声をかけたのだと言う。

「ほら、私達って洗濯や掃除や炊事《すいじ》をしたりするの、壊滅的じゃない？　だけどケント君がいてくれたら、それが解決する！」

「フェリスが仲間に入れるって言うなら、私は反対しないわ。まぁ、皆も同じだと思うけど」

グラマラス美女はそう言うと、自分の豊かな胸の上に手を当てながら、「グレイシスよ、よろしくね」と妖艶《ようえん》に微笑む。

お胸にしか視線が行きませんが、よろしくお願いします。

「おぅ、俺はラグラーだ」

ラグラーと名乗るぐるぐる巻きの男性は、片手を上げて掌をヒラヒラと振る。

「ケルヴィンだ。よろしく」

キッチリした男性は胸に握り拳《こぶし》を当てながら、目礼をする。

「…………」

最後のメガネっ子は、紙に何かを書いてからそれを僕に見せる。

紙には『クルゥだよ。よろしくね、ケント』と書かれていた。

すると、すぐにフェリスさんからフォローが入る。

「あ、クルゥは事情があって話すことが出来ないの。その代わり筆談で会話をするから」

「そうなんですね。……あの、皆さんが快適な生活を送れるようにしたいと思いますので、してほしいことや逆にしてほしくないことがあったら、何でも言ってくださいね」

頭を下げると、フェリスさんは僕の背中を豪快《ごうかい》に叩きながら、声を上げる。

「さっ！　新しい仲間も入ったことだし、夕食を兼ねた歓迎会でも開きましょ！」

こうして、僕は『暁』の一員になったのだった。

## 暁の料理番

ドロッと溶けた、元の形が分からない物体X。

下処理も何もしていない、ただ肉を焼いて切っただけの、強烈な獣臭《けものしゅう》を発する固い肉の塊。

ボコッ、ボコッ、とネバついた泡が立つ青緑色のスープ。

炭のように真っ黒に焦げた……何か。

これらは、フェリスさん達が僕の為に作ってくれた料理の数々である。

食卓テーブルの上に並ぶ、皿の上にあるモノを目にして顔を引き攣らせていると、皆もテーブルを囲むようにして座り、それぞれの食器に盛り付けて食べ始める。

黙々と食べ進める彼らを見た僕は、意を決してスープをスプーンで掬《すく》い、恐る恐る口の中に入れる。

「――っ!?」

しかし途端に、強烈な酸味が口の中一杯に広がったので、慌ててコップに入っていた水をガブガブ飲んだ。

次に、肉。口に入れる前から獣臭がしていたけど、思い切って食べてみたら、想像以上の匂いが鼻と口の中を駆け抜けていく。

ドロッとした物体を口に入れたら、ネバーッとした食感と共にやけに口に残る後味で、吐き気が込み上げてきそうになるし、黒い固形物に至っては、見た目に違《たが》わず炭の味がした。

この世界に来てから、味が極薄だったり、辛かったり、苦かったりと、美味《おい》しくない経験は多々したが、ここまで不味い料理は初めてだ。

一般家庭の料理ってこんなに不味いモノなのかと、カルチャーショックを受ける。

どんなモノを入れたらこんな味になるんだ、本当に皆これを食べられるのかと、唖然《あぜん》としながら周りを見てみると、皆は平気な顔をして……いなかった。

全員不味そうな顔をして食べている。

ちょっとむせそうになりながら、ここではこの味付けが普通なのかと聞いてみたが、クルゥ君が

『皆、料理が不得意。いつも不味い』と紙に書いた。

あ、やっぱり不味いのね。

クルゥ君に続き、ケルヴィンさんは「家で美味《うま》いご飯なんて……数年は食べていない」と呟《つぶや》き、それにラグラーさんも肯定する。

どんな食生活を送っていたんだ。

「はぁ～。外食とは言ってもそんなに美味しい料理屋に当たることは滅多にないし、不味いくせに料金は高いとか……ホント嫌よねぇ」

グレイシスさんはテーブルに肘《ひじ》を突いて、組んだ指の上に顎《あご》を乗せて溜息を吐いた。

そして、フェリスさんが長い耳を垂らしながら、ポツリと呟く。

「……美味しいご飯、食べたいね」

そんな中、僕は右手をそろぉ～っと上げて、提案してみた。

「あの、よければ僕が作りましょうか？　ご飯」

僕の提案に、パーティの皆は頷いて、台所に案内してくれた。魔法で中を冷やしているという冷蔵庫の中を覗けば、くたびれた長ネギみたいなものと、先程使って残った肉の塊が少し。ご飯によく似た穀物《こくもつ》、それに卵が置いてあった。

「あの、調味料ってどれですか？」

そう問うと、台所に立つ僕を扉の陰から見詰める皆が、一斉にコンロの上に置かれている三つの壺《つぼ》を指す。

え、もしかしてそこでずっと見てるわけ？

まぁ、いいけど。と思いながら壺の中に入っているものを少量口に入れて確認してみれば、塩と胡椒《こしょう》、砂糖《さとう》だった。日本で使っていたものと同じ味だ。

他にも調味料は置いてあるみたいではあるが、この食材でパパッと出来るものは……

「よし、チャーハンだな」

僕はそう言うと、腕捲りをして調理の準備をする。

まず初めに長ネギっぽいものを洗ってから刻む。肉もほどよい大きさにカットして、塩胡椒を振って馴染ませる。

次に熱したフライパンに油をひいてから、先程切った具材を焼き、火が通ったら強火にして溶き卵を入れる。

じゅわ～っといい音が台所の中に響く。

それからすぐにご飯を投入。

火を中火くらいにして、お玉で大きくかき混ぜる。

フライパンも一緒に振りながらかき混ぜていると、ご飯が次第にパラパラになってきた。

指で摘んだ塩胡椒をフライパンの中に振ってかき混ぜ、最後に僕が持っている調味料——醤油を腕輪から出して、たらぁ～っと垂らす。

じゅぅー！　と音を立てながら、ふんわりと香る食欲をそそる匂いに口元が緩んだ。

ササッと醤油を全体に混ぜてから火を止め、人数分の皿を棚《たな》から取り出して盛り付ける。

使ったフライパンとお玉などをシンクの中に置いて、ちゃちゃっと洗い終わってから扉の方を見ると——

皆が口元から涎《よだれ》を垂らして、こちらをガン見していた。

ちょっとドン引きながらも出来上がったと言えば、わらわらと台所の中に入ってきて、それぞれチャーハンが盛られた皿を持ってテーブルへと足早に戻っていく。

何というか、小さな子供が大好きな食べ物を早く食べたくて、うずうずしているような感じだった。

そんな皆にちょっと笑いながら、僕も自分の分を持ち、先程座っていた席へ戻る。

皆待っていてくれたようで、僕が着席すると同時に「いただきます！」と言いながらスプーンでチャーハンを掬い、口に入れる。

ドキドキしながら皆の反応を見ていると、カッ！　と全員が目を見開いた。

ぎょっとして、何を言われるんだろうと構えていたんだけど、皆は改めて凄い勢いで食べ始めた。

それを見て、味は悪くなかったんだとホッとしつつ、自分もチャーハンを食べる。

うん。久し振りの調理な割には、なかなか上手く出来たと思う。

薄過ぎず辛過ぎず、かといってしょっぱ過ぎるわけでもなく、パラパラとしたご飯にほどよくお肉や醤油の味がしみ込んでいる。

元の世界で食べていたら、醤油や塩胡椒だけの味付けは少し物足りなく思うかもしれないけど、ずっと薄味のものばかりだったからか、すっごく美味しく感じる。

ちゃんとしたご飯を食べられたし、満足満足。

水を飲みながら息を吐く。

ふと、静か過ぎる周りが気になって視線を向けると、チャーハンを食べ終えた皆が至福の表情を浮かべていた。

「あの、味の方はどうですか？」

僕が恐る恐る聞くと、皆一斉にテーブルから立ち上がる勢いで答える。

「頬っぺが落ちそうっ！」

『こんな美味しいの、食べたことない！』

「この世にこれほど美味なものがあったなんてぇ～」

「やべー。舌がとろけそうだ」

「……美味《うま》い」

フェリスさんは長い耳をピコピコさせ、クルゥ君は超速で感想を書き、グレイシスさんは頰に手を当てて溜息を吐きながらウットリしている。ラグラーさんとケルヴィンさんは至福の表情でお腹を撫でていた。

皆の反応に、僕はホッと溜息を吐く。

この世界がなのか、この国がそうなのかは分かんないけど、いつも料理の味は濃かったり薄かったり油っぽかったり、匂いが刺激的だったりと極端で……何ていうか、食文化がそんなに進んでいないのだと思う。

そこそこ栄養が取れて腹が膨《ふく》れ、食べればいいと、アッギスさんも言っていたっけ。

「あの、皆さん。美味しいご飯──食べたくないですか?」

久し振りにまともなご飯を食べた僕は、そう言ってある提案をしてみた。


──暁に入って二日が経った。

ギルドでパーティに入る手続きを終えた僕は、また雑用をしながら頑張っている。

今日も一日の仕事を終え、与えられた部屋に戻ってきた僕はベッドに上がると、タブレットを取り出す。

画面のロックを外して『レシピ』を開き、検索欄に『ハンバーグ』と打ち込んでみて――変わらぬ内容にガックリと項垂《うなだ》れた。

この『レシピ』で表示される内容には問題があった。

それは……使われる食材だ。

例えば『オムライス』って検索すると、いろんな種類のオムライスがヒットする。

まぁ、それは元の世界でも一緒だと思うけど……この『レシピ』では、元の世界では絶対に手に入らない食材――ダンジョンで入手する食材や、こちらの世界のものを使った料理が、数多く載っているのだ！

それ以外の食材を使ったレシピも、あることにはあるけど……菓子や果実水、漬け酒なんかばかりで、数が少ない。

以前試しに、ダンジョン内のものに似ていそうな地球の食材を使って、レシピ通りに作ったことがあった。

結果は……惨敗《ざんぱい》。

どうやったらこんなに不味いものが作れるのかと、不思議でしょうがないものが出来上がるのだ。

前に所属していた龍の息吹のメンバーは、各々で好きな時に外食で済ませるスタイルだったから、わざわざ作る必要はなかった。だけど、ここではそうはいかない。

『レシピ』に頼らないと、僕のレパートリーはかなり少ない。

だから僕は、初めて皆にチャーハンを振る舞った後、とある提案をしてみたのだ。

実は今よりも美味しいご飯を作ることが出来るんだけど、食材がない。

だから、僕が欲しい食材を手に入れてくれるなら、皆さんには美味しい食事を提供してみせる——と。

僕の言葉に、皆は一瞬手放しで喜んでいたけど、自分達が手に入れられないほどの高価な食材であれば、無理だと項垂《うなだ》れる。

そんな高級食材ではなく、危険ではあるが、ダンジョン内に出る獣の肉や野草などを持ち帰ってくれたら大丈夫だとすぐに説明した……のだが、皆が皆、うげーっという顔をするではないか。

なんでも、この世界の人達にとって、ダンジョンに生息している植物や果実、獣など、どんな物も腐敗臭が強烈で、食べ物として認識されていないらしい。

なので、ダンジョンに長期間入る場合は、腐らない乾物《かんぶつ》を持っていくのが常識なんだって。

だけどそんなダンジョン内のものも、『レシピ』通りに調理すれば、極上の味に変わるとタブレットが教えてくれているのである。

当然、ダンジョンにあるものを口の中に入れるなんて何が起きるか分からないと皆は渋《しぶ》る。

それでも絶対チャーハンより美味しいものが作れるから大丈夫だ、と僕が力説していると、その言葉を信じたフェリスさんが、リーダーとして独裁権《命令》を発動した。

「あなた達、黙ってケント君が言うダンジョンに潜るのがめんどくさーい！　と言いつつも、本当に美味しいご飯が食べられるならと、ちょっとそわそわしていた。

それが、二日前の出来事である。

「はぁ～、明日からついに『レシピ』内のご飯を作るのか～。どんな味になるんだろう？」

明日は、ダンジョンに潜った三人――グレイシスさんとラグラーさんとケルヴィンさんが、食材を獲《と》って帰ってくる予定日だ。

最初はどんな料理を作ろうかなぁ～？

ワクワクした気持ちを抑えつつ、寝坊しないようにしなきゃ、と寝ることにしたのだった。

## 朝食は温かいおじやにしよう

翌朝、僕は腰エプロンを付けて台所に立っていた。

今日の朝食は、冷蔵庫の中に残っている食材を使おうと思う。

昨日炊いたご飯の残りがあったから、それはまず使い切ってしまおっと。

後は何があるかなぁ～と、冷蔵庫の中をガサゴソと漁《あさ》る。

昨日フェリスさんが食料の買い出しをしてくれていたので、冷蔵庫にはある程度食材が揃っている。

「ん～、何か温かいのを食べたい気分だから……よし、今日の朝食はおじやにしよう」

いろんな具材を入れるのもいいけど、今回はシンプルにしてみようかな。

冷蔵庫から卵とネギの青い部分、それに生姜《しょうが》を取り出す。

異世界とはいえ、地球と同じような食材があって助かるよ。

「あっ、そうだ……これがあった」

冷蔵庫の扉を閉めてから、その隣にある棚の扉を開ける。

昨日棚の中を掃除してたら、カッチカチに乾燥している昆布を発見したんだ。

最初はまさかと思ったんだけど、匂いを嗅いだり端を少し折って齧《かじ》ったりしてみたら、昆布の味がした。一応フェリスさんにも確認したけど、名前もコンブらしい。

カッチカチに固まったそれを手にしながら、コンブだしにしようと決める。

ちなみにこのコンブ、地球の昆布と違って石のように固いが、そんなに水に付け置かなくても大丈夫だとフェリスさんに教えてもらった。なので、水の中に投入してから時間を置かずにそのまま鍋を火にかけ、沸騰《ふっとう》する前に取り出し、新品の手巾《しゅきん》でこせば――コンブだしが完成。

鍋に戻しただし汁の中に、『ショッピング』で買った中華スープの素《もと》と、すりおろした生姜を加え、よくかき混ぜながら火にかける。

煮立ったら、さっと水洗いしたご飯を加え、醤油で味を調《ととの》える。それから溶いた卵を流し入れ、固まりかけたところで火を止める。

刻んだネギをちらし、鍋に蓋《ふた》をして蒸《む》らす。

ふんわりとしたいい匂いが台所に充満してきた。

「はぁ～、いい匂いです」

『お腹空いた』

「あ、おはようございます、フェリスさん、クルゥ君」

火を消し、ミトン手袋をはめて鍋を広間のテーブルまで持っていこうとした時、クンクンと鼻を動かしながらフェリスさんとクルゥ君が台所に入ってきた。いいタイミングだけど、なんだか犬みたいで微笑ましいな。

『ケント、今日の朝食は何？』

クルゥ君におじやだと説明しつつ、食卓テーブルにお皿とスプーンを用意してもらうよう指示を出す。

鍋を持って食卓テーブルへ行くと、テーブルの中央に丸い魔法陣のようなものが刻まれていた。

どうやらクルゥ君お手製の魔法陣で、この上に熱々の鍋を置いておけば、冷めないんだとか。しかも、即席で作ったんだって。

クルゥ君、君は天才かっ！

テーブルの上に置いた鍋の蓋を外せば、ふわっと卵と醤油の香ばしい香りが舞い上がり、皆の鼻をくすぐる。

「いただきます！」

『おいしそー！』

「どうぞどうぞ。お代わりもあるので、沢山食べてくださいね」

早く食べたい！　と顔を輝かせる二人は、熱々のおじやを大きな口を開けて食べ始める。

ふぅーふぅー、はふはふ、ごくんっ。

二人は無言で深皿の半分ほどを食べてから、んんっ～！　と口を閉じて叫ぶという難しいことをやってのけた。

どうやら、今回もお口に合ったみたいだ。よかったよかった。

すっかり鍋の中が空《から》になって食器などを洗った後に、お茶を飲みながら三人でまったりしていたら、外から賑やかな音が聞こえてきた。

「今帰ったわよぉ～」

「疲れたぁー」

「ただいま」

ダンジョンに潜っていた三人が、扉を勢いよく開けて入ってきた。

「皆さん、お帰りなさい」

僕はそう言いつつ彼らのもとへ行って、脱いだ上着やローブ、後はダンジョンで手に入れた魔獣の肉や果物、それに帰ってくる途中で買ってきてくれたパンや野菜などを預かる。

ダンジョンに行っていたから、魔獣の返り血や、埃《ほこり》や傷が付いていると思っていたんだけど、彼らの上着や服にはそういうものは一切無かった。

龍の息吹の人達の場合、一度ダンジョンに行って戻ってきたら、汚れを落とすのが凄く大変だったんだけどな……。

あれかな？　ダンジョンとはいっても、今回はそんなに難しい場所へは行っていないのかもしれない。

そう思いながら傷《いた》みやすいものを先に冷蔵庫の中に入れてから、洗濯室へ行って上着とローブを洗濯籠の中に入れる。そして、疲れて帰ってきている彼らの為に、お風呂《ふろ》にお湯を溜めて広間へと戻った。

　すると、グレイシスさんが今回ダンジョンの中であった出来事を、プリプリ怒りながら話しているところだった。

「弱い魔獣に中級の魔法をぶっ放すなんて、ほんっとーに信じられないわよっ！」

『え？　でも、弱くても数が多かったら不利になる場合もあるし……』

「んにゃ、角付き豚が数頭しかいなかった」

「あれは魔法をぶっ放すよりも、剣で斬った方が早かったな」

　動きながら聞いていた皆の話によると、三人がダンジョンに入っている時にたまたま遭遇したらしいどこかのパーティが、ヘマをしたんだと。

　なんでもそのパーティは、中級ダンジョンの中層――しかも表層寄りの方で、突進するしか能のない角付き豚という魔獣に、かなり威力のデカい攻撃魔法を何度も放っていたとか。

　それだけならまだしも、いろんな場所で無茶な戦い方をしていたみたいで、すぐに魔力切れを起こし、騒ぎで集まってきた他の魔獣の攻撃を受けて、怪我を負った奴までいたそうだ。

　三人はそんな彼らを見て見ぬふりして通り過ぎようとしたものの、あの魔獣を自分達が仕留めて持って帰ったら、僕に美味しい料理にしてもらえるんじゃないかと思い付いたらしい。

　それで、ラグラーさんとケルヴィンさんで角付き豚をちょちょいと倒しつつ、一緒になって暴れていたフォエ鳥という魔獣もついでに倒し、グレイシスさんは怪我をした人達に治癒《ちゆ》魔法をかけたんだとか。

そして、倒した角付き豚やフォエ鳥を獲った他に、ちゃっかり彼らから救助費用として依頼金の半分を貰ってきたとのこと。

食材は手に入ってよかったが、あんなアホなパーティは見たことがないと三人は口々に言う。

しかも、駆け出しのBランクパーティだと思っていたら、実際はAランクパーティだったからますます驚いたそうだ。

どうしてAランクになれたのか不思議だと首を傾げていた。

そんな話を聞いた後、僕は浴室に行って浴槽《よくそう》に溜めていたお湯の中に、『ショッピング』で買った柚子《ゆず》の香りの入浴剤を入れる。疲労回復や筋肉痛、それにストレス解消といった効果があるみたいだ。

混ぜていくと、浴室全体に柚子の香りが充満する。

ゆっくりつかれば疲れも取れるだろう。

広間へ戻り、まずはお風呂をどうぞと声をかけると、グレイシスさんが「一番風呂は私が頂くわ」と言って、浴室へ消えていく。

その間に、ケルヴィンさんとラグラーさんは自室にあるシャワーを浴びて来ると言って、二階へと戻っていった。

このボロっちい家は意外と広く、各部屋にシャワーが付いているのだ！

ここに初めて来た時は驚いたな～。

三人のお風呂タイム中、フェリスさんは書類整理があると自室に戻り、クルゥ君は窓辺で本を読み始めたので、僕は昼食の準備をすることにした。

僕はタブレットを持ってニヤリと笑う。

ついに『レシピ』を使うことが出来るぞ！

「さて、何を作ろうかなぁ～」

そうだな、まずはフォエ鳥の肉を使ってみようか。

『レシピ』を開き、どんな料理を作ろうか悩む。

「ん～、親子丼も捨てがたいけど……鳥南蛮《とりなんばん》も美味しそうだな。うん、鳥南蛮にしよう」

ということで、お昼ご飯は鳥南蛮に決定！

早速準備に取りかかる。

先に土鍋にお米と水を入れて、ごはんを炊く。

次に鳥肉の調理。

筋《すじ》の処理をした肉に塩胡椒を両面に振り、揉《も》み込んでから、バットに入れて小麦粉を薄くまぶす。

溶き卵にくぐらせ、温めておいた中温の油で揚《あ》げる。

その間、タブレットを見ながら甘酢ダレとタルタルを作ろうと思う。

「え〜っと、なになに……あ、甘酢ダレはみりんと酢が必要なのか。タルタルは……マヨネーズだけ買えば、ここにあるものでも大丈夫そうだな」

と、いうことで『ショッピング』でみりんとマヨネーズを買う。

本当はタルタルソースも『ショッピング』の中にあるんだけど、節約のため自力で作ることにした。

棚の引き出しの中から計量スプーンを取り出し、レシピ通りに酢とみりんと醤油、それに壺の中に入っていた砂糖を計って混ぜ合わせる。

次はタルタルソース作りだ。

ゆで卵を作ってから、タマネギと一緒にみじん切りにして深皿に入れる。

そこに、マヨネーズと牛乳とレモン汁、それに塩胡椒を入れて味を調えつつ混ぜ合わせる。

『レシピ』によると、タルタルソースにも種類があるみたいなので、次に作る時は違うのを試してみようと思いながら、それぞれの器にグリーンリーフに似たものを敷く。

その上に甘酢ダレを絡めた揚げたての鳥肉を盛り付け、タルタルソースをかける。

仕上げに乾燥したパセリを振りかけ、鳥南蛮の出来上がり、っと。

ちなみに鳥南蛮は、パーティ全員が三回ほどご飯のお代わりをするくらい好評でした。

もちろん、夜には角付き豚を使った料理をして、こちらも大変好評だった……やっぱり、ダンジョンの食材って美味しいんだね！


翌日、僕はギルドに来ていた。

「さてと、今日は何をしようかなぁ〜？」

暁に入ってからも、ギルドで依頼を受けているのだ。

暁の皆は、依頼を受けてガンガン働く――なんてことはせず、まったりとマイペースに過ごしている。

そうすると、生活に必要なお金は大丈夫なのかと心配になるのだが、魔法薬師《くすし》であるフェリスさんとグレイシスさんが作る魔法薬がそこそこ好評で、一定の収入があるから問題はないんだって。

パーティの収入の件は杞憂《きゆう》だったわけだけど、僕はCランクの雑用係だから、そんなに給料は高くない。自分の服や部屋で使いたいものを買うには必要なお金が足りないし、このままだと貯金もそんなに出来ない。

それに、と思いながら僕は腕輪に変化しているタブレットを見詰める。

今使っている『レシピ』や『ショッピング』など、『Lv』の表記があるアプリは、ポイントを使ってレベルを上げることが出来るが、そのポイントに替える為のお金が必要だ。

腕輪からタブレットに変えて、『情報』を開いてみる。

画面の右上に、今はLv1という数字が表示されていて、それをタップすると**【Lvを上げますか？**

**はい／いいえ】**と出てくる。

『はい』を押すと、**【※『情報　Lv2』にするには、200000ポイントが必要になります】**と出てきた。

たっけーなおい、と思わず口が悪くなってしまう。

しばらくはLv1でやり繰りすべし……と、タブレットを腕輪に戻した。

1から2へ上げるだけで二十万もするなら、これが3、4とレベルをもっと上げようとしたら、どれだけかかることになるのか。

やはり、お金を貯めなきゃいけない。

それに、アプリのレベルを別としても、お金はないよりあった方がいい。

前のパーティを出た時に、住む所を探したり、生活用品を揃えたりと、やらなきゃならないことが沢山あるというのがよく分かったのだ。暁での仕事を疎《おろそ》かにしないよう気を付けつつ、自分が出来る範囲でギルドの依頼を受けている。

まぁ、受けられる仕事は少ないけど。

小説のように、自分にもチート能力があればいいのにと思いつつ、ギルド内にあるボードを眺めて自分に出来そうな依頼を探す。

「ん〜、今日はこれにしようかな」

ボードに貼り付けられていた依頼書を剥がして手に取り、受付に持っていく。

顔見知りになった受付のお姉さんに手渡せば、にこりと笑って紙を受け取ってくれた。

「こんにちは、ケントさん。今日は《パン屋クックの手伝い　２５００レン》ですね」

「はい」

「こちらの依頼は、時間が書かれていないので、依頼人のもとに行ってから時間の確認をしていただきます」

「分かりました」

それでは気を付けて行ってらっしゃい、と手を振ってくれるお姉さんに頭を下げてから、僕はギルドを出て依頼人の所へと向かった。

パン屋は、それほど遠くない場所にあった。

見るとかなり繁盛《はんじょう》しているお店らしく、人が絶えず出ては入ってを繰り返していた。

少し離れた場所にも甘いパンの匂いが漂ってきているし、ガラス窓から見える店内には色々な形のパンが置かれている。

「こんにちは！　ギルドの依頼を受けて来ましたケントです」

お客さんで賑わう表玄関ではなく、裏玄関の扉をノックして声を張り上げると、チリリンッと音が鳴って扉が開く。

中から出てきたのは、恰幅《かっぷく》のいいおばさんで、依頼書を見せると早速仕事を言い渡された。

「外にある倉庫から、小麦袋を二十個持ってきておくれ」

「はいっ」

「それが終わったら、倉庫内の床に小麦の粉や殻《から》が落ちて溜まってるから、その掃除も頼むよ」

「分かりました。依頼はそれだけで大丈夫ですか？」

「そうだね。あぁ、袋だけは早めに持ってきてちょうだい。夕方に出すパンの仕込みをしたいから」

おばさんはそう言うと、倉庫の鍵《かぎ》と箒《ほうき》とちりとりを僕に渡して、お店の中に戻っていく。

「さて、やるか」

僕は腕捲りをしつつ、裏玄関から歩いて数歩の距離にある倉庫に向かう。

そして渡された鍵で両開きの扉を開けて、うげっと顔をしかめてしまった。

……目の前に積まれている小麦粉の袋が、一袋で重さ二十キロはありそうだったから。

「疲れた……小麦袋の搬入はヤバい」

依頼を終えて家に帰ってきた僕は、居間のソファーに座ってぐったりしていた。

『ショッピング』で買った湿布《しっぷ》を腕や腰に張っていると、魔法薬を納品しに街に出ていたグレイシスさんがちょうど帰ってきたところだった。

疲れ切った僕の顔を見た彼女が、「夕食までまだ時間があるから、先にお風呂にでも入ってゆっくりしてきたら？」と提案をしてくれたので、お言葉に甘えることにする。

浴槽にお湯を張り、浴室の棚にある籠の中から『炭酸レモンの温泉』と書かれた入浴剤を出す。

ピッ、と袋を切って、お風呂の中に入れる。

袋に書かれている効能は、血液の流れをよくするのと、疲労回復。

洗濯籠の中に脱いだ服を入れて素っ裸になり、肩にタオルをかけ、いざ風呂に入ろうと足を一歩踏み出した時――

ガチャッ、と脱衣所のドアが開いた。

「へ？」

「……あら？　あらあらあら」

素っ裸の僕と、ドアを開けたフェリスさんの視線が絡む。

フェリスさんは手を口元に当てると、あらあらと言いながら、そ～っとドアを閉めて出ていく。

「………」

その間、僕は一歩も動けなかった。

フェリスさんの視線……僕の股間《こかん》にも向いてたような？

ドッキリエロ展開になるなら、普通逆じゃね？　と思いながら、疲れた思考ではあまり頭が働かず、さっさと風呂に入ることにした。

風呂から出ると、疲れが取れてスッキリとした気分になる。

喉《のど》が渇《かわ》いていたので台所に行って、冷蔵庫の中から冷たい水が入った瓶《びん》を出した。

タオルで頭を拭きながら水を飲んでいると、ふと、暖かい風に包まれる。そして濡《ぬ》れて重くなっていた髪の水分が消えて、さらっとした髪に戻っていた。

「おぉ!?」

頭に手を当てていると、クスっと笑い声が聞こえてくる。

声のした方へ顔を向ければ、台所の入口にフェリスさんが立っているではないか！

先程の恥ずかしい光景が蘇《よみがえ》ってきて、「ぁ、う、そのぉ～」と口をパクつかせていると、「先程はごめんなさい」とフェリスさんに先に謝られてしまった。

「こちらこそ変なものを見せてすみません」なんて頭を下げるしかなかった。

そんな逆ドッキリエロがあった後、気持ちを切り替えて夕食の準備をすることにしたのだった。

## 正式な『暁』のメンバーになる為に

「なぁ、ケント。ちょっといいか？」

ある日、庭に生えている雑草を取っていると、家の窓からラグラーさんに手招きして呼ばれた。

どうしたのかと首を傾げつつ鎌を置き、そちらへ駆け寄っていく。

「あの、どうしたんですか？　ラグラーさん」

「あぁ、急に呼び出してわりぃな」

「いえ、大丈夫です」

「庭の雑草取りはもう終わりか？」

「もう少しで終わりそうですが、一度休憩しようかと思ってました」

「そうか。休憩しながらでいいから、少し話があるんだが」

すぐに片付けをするので、中で待っていてくださいと僕が言うと、ラグラーさんは頷きながら窓を閉めて、そこから離れる。

「……話って何だろう？」

今ここで考えても分からない。

まずは使っていたものを物置に仕舞《しま》ってから、家の中に入った。

洗面所で手を洗い、それから居間へ行くと、いつも皆が寛いでいるスペースにラグラーさんとフェリスさんがいた。

ラグラーさんは壁に寄りかかるようにして腕を組んで立っていて、その近くのソファーにフェリスさんが座っている。

「あ、ケント君、お疲れ様。こちらに来て座ってもらえる？」

「……はい」

フェリスさんが自分の隣をポンポン叩くので、そこに座れということなんだろう。

今までにない雰囲気に、ちょっと緊張してきた。

思い出すのは、龍の息吹での出来事。

彼らに自分から辞めると言い出した時の、緊張した状況に似ているのだ。

まぁ、あの時は自主的に辞めたんだけど……もしかして、やっぱり僕のことは必要じゃなくなったって言われるんじゃ……

そんなことを思いながら、早鐘《はやがね》を打つ心臓を意識しつつ、言われた場所に座る。

膝《ひざ》の上に握り拳を置き、目を閉じて、次に何を言われるのかとビクビクしていると――

「ケント君、Bランク試験を受けてみない？」

飛び出したのは、そんな予想外の言葉だった。

顔を上げ、驚きながらフェリスさんの顔を見る。

「……え～っと……Bランク、ですか？」

「そう、Bランクね」

思っていた内容と全然違った。

「あの、どうしてそんな話を急に……？」

不思議に思ってそう聞くと、前々から思っていたんだとフェリスさんは言う。

「家の中のお仕事をほぼやってくれているケント君に、私達は凄く感謝してるの」

「あぁ、はい」

「でも、今のケント君は、暁のパーティメンバーだけど、正式なものじゃないでしょ？」

確かに僕はCランクの雑用係だから、Bランクパーティである暁に入っているとはいえ、正式な
パーティメンバーではない。

それがどうしたのかとフェリスさんを見れば、フェリスさんはにこっと笑う。

「ケント君を、正式なパーティメンバーとして迎えたいの」

「……と、いうことは」

「ええ、だからケント君にBランク試験を受けて欲しいの」

「うえぇぇぇぇぇ!?」

僕の絶叫が家中に響いた。

話をよく聞けば、僕が来てからパーティの皆の体調がすこぶるいいそうだ。

家の中を清潔《せいけつ》に保ち、超絶美味しいご飯を毎食食べ、不思議な粉を入れた温かいお風呂に入り、太陽の匂いがする布団に包まれて寝る。

服はいつも綺麗に整えられ、仕事で使う武器や防具などの手入れもしてもらい、いつもより依頼の仕事がサクサク進む。

こんな生活に慣れてしまうと、もう元の生活には戻れないと握り拳付きで力説するフェリスさんに、ラグラーさんもうんうんと頷く。

「ハッキリ言って、雑用係としてのメンバーではもったいないのよ」

「もったいない……ですか?」

「そう。ケント君の働きは、私達が思っていた以上のものよ。前のパーティが、なぜケント君が抜けることを許したのか……本当に理解出来ないわ」

溜息を吐きながら、フェリスさんは首を振る。

「だけど、今のケント君は正式な暁のメンバーではない。もちろん、私達の気持ちとしてはちゃんとした仲間のつもりだけど……だから、Bランクになることで、名実ともに暁の正式な仲間になってほしいのよ」

「でも、僕の実力じゃBランクになんて……」

弱気になってそう言う僕に、ラグラーさんは組んでいた腕を解《ほど》き、壁から離れてニヤリと笑う。

「だから、俺達がいるんだろ？　ケントのためだ、しっかりサポートしてやるよ」

「ええ、それくらいはさせてちょうだい」

ラグラーさんの言葉に、フェリスさんも頷く。

確かに、これからもずっとCランクのままでいるわけにもいかないからなぁ～。

いつかは、通らなければならない道であることには変わりはないし。

だったら、サポートしてくれるっていう言葉に甘えちゃおうかな。


と、いうことで。

Bランク試験、受けることにしました。

ギルドでランクを上げる場合、昇級試験を受けなければならない。

ＣからＢに上がるのは、僕みたいな戦闘経験が全くない者にとっては難しい。

Ｂランク昇級試験の内容は、ギルドが指定するＢランクの依頼を五件、一週間以内に失敗せずに連続で達成するというもの。

その依頼は、ほとんど魔獣討伐だというのだ。

今まで戦闘寄りの依頼はことごとく避けてきた僕にしてみれば、それ無理じゃね？　って言いたくなっても仕方がないと思う。

そんな僕に、ラグラーさんは「大丈夫だ、俺がある程度剣の扱い方を教えてやっからよ」と言ってくれたのだった……あくどい笑みを浮かべながら。


まず初めに武器が必要だということで、ラグラーさんと一緒に街へ行って、武器屋を回って歩いた。

彼が使っている日本刀に似ている細長い剣だったり、ケルヴィンさんが持っていた刀身が波打っているフランベルジュという長剣だったり、色々なものを手に持ってみたけど、自分には重過ぎて長時間振り回すのは無理そうだった。

何がいいかと悩んでいると、壁に革布で張り付けるようにして飾られている短剣を見たラグラーさんが、それに腕を伸ばす。

「……んー……これならいいか？」

鞘《さや》から取り出し、短剣を振ったり持ち上げたりしていたラグラーさんは、その短剣を鞘に戻してから僕にひょいと渡す。

なんとなくだけど、昔ネットで見た、旧日本海軍で使われていた短剣に似た形をしているな。

黒い鞘から剣を抜いてみると、先程持っていた長剣より、かなり軽くて扱いやすい。

これにしようと決めると、支払いは、暁で出してくれた。

最初は、自分のものになるんだし自分で払うと伝えたんだけど、Bランクに上がる前祝だと言ってくれたので、ありがたく買ってもらうことにした。

そして、ついに剣の扱い方を習う時間がやってきた。


さて、場所を変え、初級ダンジョンの表層入口付近に来ております。

僕とラグラーさんの他に、ケルヴィンさんも来てくれていた。

どうしてだろうと不思議に思っていたら、僕のことが気になって見に来たんだってさ。

生真面目でちょっと怖そうな見た目に反して優しいんだよな、ケルヴィンさんって。

というわけで剣の扱い方を教えてもらえるかと思っていたんだけど、なんでもケルヴィンさんは手加減というものが一切出来ないんだとか。

その点、ラグラーさんは教えるのが上手いらしい。

え、本当に見た目的《みめ》に逆じゃね？　と思ったのは内緒である。

そんなことを思っていると、近くの草むらがガサゴソと動き、小さな魔獣、モルチューが顔を出す。

モルチューの見た目はモルモットとウサギを足して二で割ったような感じで、大きさは中型犬くらい。『チュー』とネズミのように鳴くのが特徴だ。

そんなモルチューを見たラグラーさんが、指をさす。

「よっしゃ、ケント。お前、そこにいるモルチューをちゃちゃちゃっと斬ってみろ！」

「うえぇぇ!?」

買ってもらった短剣を胸に抱えながら、顔を引き攣らせる。

チラッと視線を横に向けると、ほんわかした見た目のモルチューがトコトコ草むらから歩いて出てきた。

座りながら後ろ足で耳をケシケシケシッと掻いている姿は、庇護欲《ひごよく》をかき立てる。

こんな可愛い動物を斬るなんて出来ない！　……いや、魔獣だけどさ。

ムリムリムリ！　と首を振ろうとしたら、ラグラーさんが「ほら、こうやるんだよ」と、サクッと剣を突き立てた。

「剣で斬りつける時は、なるべく一発で仕留めるようにすべし！」

明るい表情でサクッとモルチューを倒したラグラーさんは、そう言いながら説明を始める。

怪我を負った魔獣は攻撃性が増したり、仲間を呼んだりと、厄介なことになる場合があるんだとか。

「いいか？　特殊ダンジョンや中級以上のダンジョンでもない限り、ダンジョンの表層入口付近なら、モルチューみたいな弱っちぃ魔獣しかいない。Bランクへの昇級試験の場合、表層入口辺りから中層手前付近の弱い魔獣や魔草の討伐・採集が対象になる。だから、こいつらくらいは倒せるようにならなきゃ、話にもならないぞ？」

「うぅぅ……はい」

気を取り直して、魔獣や魔草について色々なことを教えてもらう。

魔獣や魔草の急所や、一発で倒す方法。

魔獣が好む匂いと嫌う匂い、出没しやすい場所や時間帯。

それと、倒した魔獣や魔草は、防具や武器、魔法薬の素材になるんだって。

ただ、素材になるものもあれば使えないものもあるので、その仕分け方などみっちり教えられてから、実戦に移る。

腰に手を当てたラグラーさんと腕組みしたケルヴィンさんが見守る中、僕は剣を抜き構える。

標的は、近くをトコトコ歩くモルチュー。

可愛い外見に騙《だま》されると、痛い目に遭うぞと言われているので、気を引き締める。

これから、人生で初めて武器を使って生き物を倒す。

緊張し過ぎて、全身に汗が噴き出るし、ゴクリッと唾《つば》を飲み込む音もいつもよりかなり大きく聞こえる。

柄《つか》の部分をぎゅっと握り締め、走り出す！

「うりゃあぁぁっ！」

「ヂュッ⁉」

慌てて逃げ出すモルチューの背中を、振り上げた短剣で斬り裂き——倒す。

目を閉じると標的から外れるから、絶対に目を開けたままでいろ！　と言われていたので、その通りにしたよ。

剣はモルチューの急所である背中に綺麗に入ったらしく、一撃で倒すことが出来た。

生まれて初めて生き物を倒したこともつらかったが、モルチューから流れ落ちる血液は蛍光《けいこう》ピンクというどぎつい色だったので、違った意味で気持ち悪かった。

なんでも、魔獣の血は人間のように赤ではなく、全て蛍光ピンク色らしい。

この蛍光ピンクの血が服とかに付くと、不思議なことに濃い茶色に変色し、そうなるとなかなか落ちない。

龍の息吹《前のパーティ》にいた時、毎回毎回魔獣の返り血を浴びて帰ってくるメンバーの服を洗うのに、何度手こずったことか……

まさか、元がこんなピンク色だとは思いもしなかったけど。

肩で息をしながらドクドクと鳴る心臓に手を当てていると、ポンッと頭に手が置かれた。

それから何度もポンポンと叩かれる。

「よ～しよしよし、初めてにしては上出来だ」

「ああ」

「ラグラーさん、ケルヴィンさん……」

優しく微笑むラグラーさんに頭を撫でられ、柄《がら》にもなく嬉しく思う。

「魔獣は死ぬと、一定の時間が経てば消滅する。だから、そいつの素材が必要であれば早めに解体しなきゃならねぇ」

「解体してる最中に消滅はしないんですか？」

「あぁ、しねーな。したら、素材なんて手に入らないし、お前に食事も作ってもらえないだろ？」

「……確かに」

解体している最中は消滅しないが、一度専用の革袋に入れる必要があるらしい。

必要のない部位とかは、そのまま地面に放置しておくと、自然と消滅するんだって。

なるほどと納得していると、真顔でケルヴィンさんが僕の名前を呼ぶ。

「ケント」

何ですか？　と振り向けば、ケルヴィンさんは顎をクイッと上げながら口を開く。

「お前はそのまま魔獣を後五十四くらい倒せ。たった一匹倒したくらいで満足するな」

「えっ⁉」

たった一匹倒したくらいじゃ足りない……だと⁉

でも、五十四は多くない？　え、全然多くない……ですか、そうですか。

にべもないケルヴィンさんの反応にガックリと項垂《うなだ》れていると、怒られてしまった。

「ほら、シャキッと立て。何度も何度も魔獣を倒し……そうやって体に覚え込ませるんだ」

「そうそう、ケルヴィンの言う通り。夕食まで時間はたっぷりあるんだ。頑張れよ〜」

「……うぅぅっ。分かりました」

こうして、モルチューや他の魔獣を五十四以上倒した頃には、剣の扱いや魔獣を倒す行為にも慣れ始めていた。

そしてやっぱりケルヴィンさんは超スパルタ系だった。

そんなこんなで、魔獣や魔草を倒す訓練を始めてから数日後——

「でりゃっ！」

「ギィッ⁉」

地面をダダダダダッ！　と走る、足を生やしたエリンギのようなキノコ型の魔草を薙《な》ぎ払《はら》うように斬り裂く。

傘の部分がスパッと切れると、その魔草——てくてくキノコは奇声を発して絶命した。ちなみに、この名前を聞いた時は、思わず声を出して笑ってしまった。

「ふぅ。ようやくこいつの速さに慣れてきたぞ」

訓練を始めた当初は、命を奪うことに恐怖心を抱いていた。けれど怯《おび》えているだけでは、弱小魔獣のモルチューが相手でも、大怪我をすることを体験した辺りから、躊躇《ためら》うのをやめた。

そうそう、魔獣や魔草を倒して気付いたことがある。

それは、弱い魔獣は倒してから五分くらいすると自然消滅するが、強くなればなるほど、消滅までの時間が延びるのだ。

まぁ、武具や魔法薬の素材にしようにも、弱い魔獣や魔草では低級な素材にしかならないから、ほとんど解体しないで、そのまま放置するんだけどね。

しかも、弱い奴らほど数が多いので、倒したものをいちいち処理していたら時間が足りない。

結構合理的に出来ているなと思いながら、倒した魔草……てくてくキノコの傘と本体部分を拾って革袋に入れる。ちなみにこの革袋はフェリスさんに貰ったもので、物を中に入れても重さが変わらないすぐれものだ。

え？　そのまま放置しないのかって？

ギルドの昇級試験では、討伐対象になる魔獣か魔草を、きちんと討伐したか確認するため、革袋に入れて持ち帰る必要があるのだ。

だからその練習……なんてわけではない。

試験を受けているわけじゃないからね。

このキノコを本日の夕食の一品にしようと思いついたので、ただ単におかずにする為にお持ち帰り中なのである。

エリンギのバター炒《いた》め……いや、てくてくキノコのバター炒め。

うん、美味そうだ。

革袋の口を閉じて立ち上がると、視界の端に動くものを発見する。

視線を横に向ければ、鶏の頭にウサギのような耳を付けた鳥——ぴょるぴょる鳥がいた。

ぷりっとした胴体に、ムチッとした逞《たくま》しい太もも、ド派手な見た目以外はとても美味しそうである。

最近、魔草や魔獣を見ると、食材にしか見えなくなってきていた。

人間は成長する生き物だからね。

「よし、あいつも獲って帰ろう」

剣を抜いて、焼き鳥〜！　唐揚げ〜！　親子丼〜！　と口ずさみながら、何にしようかと悩む。

そんな僕を見ていたラグラーさんから、あまり気を抜き過ぎるなよと注意が飛んでくる。

すみませんと謝り、僕は短剣を握り直してから駆け出した。


それからまた時が経ち、訓練を始めてから一週間。

「よぉ〜っし！　ここまで出来るようになれば、大丈夫だろ」

僕が倒した魔草や魔獣を確認し終えたラグラーさんはそう言うと、「このままギルドへ行くぞ」と続けて歩き出す。

スタスタと先を歩くラグラーさんに、慌てて駆け寄る。

「あの、何が大丈夫なんですか？」

「ん？　昇級試験だよ」

「えっ!?　昇級試験を受けるの……早くないですか!?」

訓練を始めてから、まだ一週間だ。

そのため、合格出来る自信がまだないと伝えると笑われてしまった。

「大丈夫、Bランクの昇級試験なんて、お前が思っているような難しいものじゃない。だいたい、ここら辺にいる魔獣を討伐出来る力があれば、合格出来るんだし」

「それは聞きましたけど……」

「その試験が簡単だから、Bランクが一番人数が多いランクって言われているんだよ、安心しろ」

確かに、ギルドに入ってすぐに渡された紙に、Bランクは人数が多いって書いてあったっけ。

でも、ラグラーさんが言うように、そんな簡単に合格出来るかな？

そう思うも、ラグラーさんは色々と話をしてくれる。

「まあ、BからAに上がる試験よりは楽さ」

「そうなんですか？」

「ああ。そこそこ強い奴はBにもいっぱいいるんだが、そんな連中でも、Aランクの昇級試験中に下手すりゃ死んじまうからな」

Aランクへの昇級試験の内容は、中級か上級のダンジョン中層奥に棲《す》まう、凶暴な魔獣の討伐なんだとか。

そんな危険な昇級試験ではあるが、AとBのランクでは、得られる報酬金がかなり違うので、毎年多くの腕に自信があるBランク冒険者が試験を受けているそうだ。

そうそう、ギルドから貰った紙には書いてなかったけど、一年以上何も依頼を請け負わなかったり、依頼の失敗を繰り返すと降格処分になると教えてもらった。

そうなると、ランクが下がるだけではなく、ギルドカードにも『降格者』という烙印《らくいん》が押され、依頼を請けたくても依頼主から拒否されたりする時もあるんだって。

……結構大事な気がするんだけど、なんで説明書に書いてないいんだろ。

あれ？　そういえば暁の皆は全員Bランクなんだろうか？

Bランクパーティとは聞いていたけど、全員のランクまでは聞いてなかったな。

ラグラーさんにランクを聞いてみたら、Bだって。

「Aにならないんですか？」

「あー、めんどいから別に今のままでいいんだよ」

ラグラーさんらしい。

他の皆については、フェリスさんのランクは聞いたことがないから知らないけど、全員Bランクなんじゃないか、とのこと。

「まぁなんだ、Bランクになるのは、生き物に剣を向けることに抵抗感がある奴以外は、そんなに難しくない。今のケントなら大丈夫だ」

「そうなんですね……分かりました。一発合格出来るよう頑張ります！」

「おぅ、その調子だ」

## Bランク昇級試験

昇級試験を受けるため、ラグラーさんとそのまままっすぐギルドへ来た。

受付窓口に近付くと、いつも丁寧《ていねい》な対応をしてくれるお姉さんが挨拶をしてくれる。

「こんにちは、ケントさん。本日はいかがなさいますか？」

「あの、今日はBランクへの昇級試験を受けに来ました」

「かしこまりました。Bランク昇級試験の受験料は一万五千レンになります」

「分かりました」

受験料……まぁ、普通に考えてお金はかかるよね。

ギルド登録やCランクに上がる時には無料だったから、今回の昇級試験もお金がかからないと勝手に思い込んでいた。

ギルドカードに残高があることを確認して、お姉さんに手渡す。

「確かにお預かりいたしました。それでは、少々お待ちください」

「はい」

お姉さんは受付台の上に僕のギルドカードを置いて、宝石の飾りが付いた腕輪を右手に嵌《は》めてから、カードに手を翳《かざ》す。

呪文を唱えている最中、カードの上に複雑な魔法陣が現れる。

お姉さんが呪文を唱え終えると、魔法陣も消えた。

「これで昇級試験の受付が完了いたしました。ケントさんには、討伐依頼を受けていただきます。期限は本日から一週間以内です」

「はい、分かりました」

「では、試験内容が書かれた書類と、試験場所となる初級ダンジョンの地図をお渡しします」


**【Bランク昇級試験内容】**

**1『葉羽蛇《はばねへび》』の討伐――八匹。**

**2『針トカゲ』の討伐――二十匹。**

**3『岩亀《いわがめ》』の討伐――一匹。**

**4『てくてくキノコ』の討伐――四十五体。**

**5『揺《ゆ》れ木《き》の枝《えだ》』の収穫――十本。**

※　**試験で討伐した魔獣や魔草などは、ギルドで買い取ることも出来ます。**

書類を見ると、試験内容が書かれていたが、まだ遭遇《そうぐう》したことがない魔獣や魔草がいるのに気付いた。

ただ、ありがたいことに絵が描かれているので、どんな姿をしているのかは分かるな。

眉間に皺を寄せながら書類を見ていると、お姉さんが試験内容をもう少し詳しく教えてくれる。

「試験は、当たり前ですがお一人で受けていただきます。不正がないよう、試験中は監視が付きます」

「監視……ですか？」

「はい。ギルドカードに監視魔法を施《ほどこ》しましたので、ケントさんが武器を扱う際、側《そば》に監視する水《みず》水晶《すいしょう》が浮かびます」

「……みず……水晶？」

「口で説明するより見た方が早いですね。一度剣を鞘から抜いてみてください」

そして言われた通りに剣を抜いた瞬間、僕の肩の上に小さな水の塊がフヨフヨと現れた。

なんだこれ？

ツンツンツンと突っついてみても、フヨフヨ浮いている物体の表面は波打っただけで、僕の指は濡れなかった。

目をしばたたかせていると、それが僕を監視するものだと説明される。

「この水水晶は、ギルド内にある水晶とも繋《つな》がっておりまして、ケントさんが武器などを抜いた瞬間から発現し、周りを三百六十度映し出します。それで、誰かの手助けを受けていないか、不正行為をしていないか確認するのです。剣を鞘に戻すと、水水晶も消えますので、試験以外は監視いたしません。ご安心ください」

「……ちなみに、使っちゃいけないものとか武器とかありますか？」

「いえ昇級試験では何を使っていただいてもかまいません」

「分かりました。あ、それと不正行為ってどんなことを言いますか？」

「他のギルド員が倒した魔獣や魔草を横取りしたり、相手の行動を邪魔したりする行為などですね。ケントさんがそのような相手に遭遇した場合、すぐに剣をお取りください。そうすることで相手への牽制《けんせい》にもなりますし、水水晶によって不正行為者を特定出来るからです。もちろん、逆の立場でも同じことが言えますので、不正行為をしないよう、お気を付けくださいね」

「なるほど、分かりました」

「それでは、昇級試験、頑張ってください」

「はいっ。頑張ります！」

紙を持って受付から離れると、ラグラーさんが近寄ってきた。

そして僕が手に持っている紙を覗き込んで、試験内容を見ながら腕を組む。

「……ふ～ん、岩亀以外なら今のケントでもすぐに倒せるな」

「え、そうなんですか？」

「あぁ。岩亀以外は数が多いのが面倒なだけで、それほど手こずるもんでもねーよ」

「岩亀は？」

「こいつは、首以外ガッチガチな岩で覆われているから、特殊な剣や魔法攻撃じゃないと倒せない。ケントがこいつを倒すには、ドンピシャで首に剣を刺すしかないんだが……何というか、のろい動きのわりに、首を引っ込めるのだけはスッゲー速いんだよ。いかに速く首に剣を刺せるか、それだけだな」

「ふ～ん」

試験はもう始まっているから、そのまま討伐に行くか、それとも一度家に帰るか聞かれる。

僕は悩んでから、少しでも早く試験を終わらせられるよう、そのままダンジョンに行くことにした。


「でりゃっ！」

僕は気合の声と共に、素早い動きで地面を駆け抜ける、てくてくキノコの傘を斬った。

地面にポテッと落ちた胴体と傘の部分を、革袋の中に入れる。

これで十体のてくてくキノコを討伐出来た。

短剣を鞘の中に収めると、肩の上に浮いていたフヨフヨが消える。

「ふぅ～。次はもうちょっと違う所に行ってみようかな」

ポケットから取り出した地図を見ながら、歩き出す。

この地図には、どこの場所にどの魔獣が出没しやすいか書かれている。

しかもカーナビのように、僕が今いる場所に丸い点が浮かんでいて、僕が動くとその点も動くという機能までついていた。

どこにどう行けばいいのか土地勘のない僕にとって、この地図があると分かりやすくてとても助かる。

ちなみに、この地図の支給は十代の子供がBランク昇級試験を受ける場合の特例措置なんだとラグラーさんに教えてもらった。

元の二十代半ばの姿のままこの世界に来ていたら、この特典は受けられなかったのだと気付き……僕はこの姿で転生出来たことにホッとしたものだ。

「えっと……この近くに葉羽蛇が多い場所があるんだな。うん、そっちに行ってみようか」

僕は地図を見ながら、ダンジョン内を移動することにした。

移動した先は、背の高い樹が密集して生い茂る場所だった。

地図をポケットに仕舞い、剣を抜く。

肩にフヨフヨが浮かぶ水水晶を視界の端に入れつつ、辺りを見回す。

剣の先で草や樹の枝を避けながら進んでいくと――

「……見付けたっ！」

太い樹の枝に、葉羽蛇がとぐろを巻いて休んでいた。

葉羽蛇は、その体を緑の葉のような鱗《うろこ》が覆っている蛇に似た魔獣だ。背に付いている羽は透き通っていて、葉脈みたいなものが見える。

普通の蛇と違い、地面や樹の枝を蛇行するわけじゃなく、空を飛んで移動するらしいけど……あれで本当に体を浮かすことが出来るのだろうか？　どんな構造になっているのか不思議である。

ともかく倒し方は、一度羽や頭を斬り落として動けなくしてから、尻尾を斬るだけ。

葉羽蛇は心臓が尻尾にあるため、頭を斬り落としてもトカゲのごとくすぐに再生するそうだ。だから気を抜かないようにとラグラーさんに言われていた。

足元に落ちている石を拾い、それを投げて葉羽蛇にぶつける。

石が当たると、むくりと頭を持ち上げた葉羽蛇は僕を見付け、シャーッ！　と威嚇《いかく》してきた。

そして葉っぱのような羽を動かし体を浮かばせると、口を大きく開けながら僕に飛び掛かってくる！

僕は息をゆっくりと吐き出し、剣の柄《つか》を握り締めながら、飛んでくる葉羽蛇を見詰め——躱《かわ》す。

すぐ近くの樹の表面に齧り付いた葉羽蛇の頭を斬り落とし、落ちた胴体に付いている羽も斬る。

すると、頭はすぐに再生するも、羽がないので地面をもたもたと動き回るだけになった。

「いよっと！」

尻尾を狙って短剣を突き立てると、葉羽蛇は動きを止めて絶命する。

「うおぉおっ、緊張したぁ〜」

ラグラーさんやケルヴィンさんもいない状況で、初めてそこそこ強い魔獣を誰の協力も得ずに倒した瞬間だった。

地面にへたり込みながら胸に手を当てて、緊張と興奮で速くなった鼓動《こどう》を鎮《しず》める為に深呼吸をする。

息を整えつつ立ち上がり、近くに落ちている葉羽蛇を拾って革袋に入れた。

「よし、この調子で討伐を頑張るぞ！」

その袋を見ながら、少しだけ自信が持てたような気がする。

でも、油断は禁物だ。

片手で頬を軽く叩いて気合を入れ、今日出来る範囲の討伐をしてしまおうと歩き出した。

それから数時間が経ち——

追加でてくてくキノコを十一体、葉羽蛇を四体討伐したところで、今日はもうやめようと剣を鞘に納める。

「ふぃ～、疲れた」

革袋の口をしっかりと締めて、腰のベルトに括《くく》り付け、地図を見ながらダンジョンの入口へと戻る。

そこでは、ラグラーさんが僕の帰りを待っていてくれた。

「ラグラーさん！」

「おう、お疲れ。どうだった？」

そう聞かれ、てくてくキノコと葉羽蛇の討伐した数を教えると、初日にしては上出来だと褒《ほ》められた。

この歳になって頭を撫でられるのは……凄く恥ずかしいが、少しだけ嬉しいと感じてしまう。

明日は違う魔獣を討伐しようと思うんだと語りながら、二人で家に帰ることにした。

もちろん、途中街に寄って本日の夕食の食材を買ってから。

ここ最近ラグラーさんには一番お世話になっているから、今日はラグラーさんの食べたいものを作ると言えば、またシーフードグラタンが食べたいと笑う。

以前作った時に食べたのが忘れられないらしく、もう一度食べたいんだって。

新鮮な貝類やイカに似たものを途中で買いながら、僕達は家に帰ったのだった。


翌日、試験二日目。

「いよ～っし！　今日も頑張るぞ！」

両腕を振り上げ、気合を入れる。

今日は一人でダンジョンまで来ている。ラグラーさんは今日も付いて行こうかと言ってくれたが断った。

「さて、まずは針トカゲかな！」

地図を見ながら、出やすい場所に向かう。

針トカゲはハリネズミと似ていて、頭から尻尾にかけて、剣山のような針がびっしりと生えている。

外敵が来るとその背を丸めて敵から身を護《まも》るが、丸まった時の横っ腹がガラ空きらしい。

人が近寄っても逃げずに丸まって固まっているだけなので、倒すのは凄く簡単だってラグラーさんが言っていた。

目的地であるゴツゴツした岩場には、すぐに到着した。

「おぉ、針トカゲがいっぱいいる」

岩と岩の間には、沢山の針トカゲが日向《ひなた》ぼっこをするかのように寝ている。

剣を抜いて構えると、僕に気付いた針トカゲが、ラグラーさんの言葉通りにその場で体をくるりと丸めた。

近付いてしゃがみ、剣先でツンツンと突っついてみる。

針は思っていたより太く、剣で突くと硬質な音がした。

「……本当に逃げないんだな」

そのことを確認した僕は立ち上がると、サクッと横っ腹に剣を突き立てて革袋に入れる。

昨日の夜、『レシピ』で検索してみたら、なんと針トカゲの肉を使った、ベーコンっぽいものの作り方があった。

見た感じとても美味しそうだったので、そのうち作ってみようと決心しつつ、サクサクと倒していく。

針トカゲは数が多く、一時間もしないうちに目標の二十四を討伐してしまった。

そういえば、針トカゲはネズミと似て繁殖《はんしょく》しやすいらしく、Bランク昇級試験では必ず多めに討伐するようになっているんだとか。

おかげで簡単に数をクリア出来て助かったよ。

「うん～……っはぁ。次の場所に行きながら、お昼にでもしようかね」

腕を上げて伸びをしつつ、早速移動を始める。

今日のお昼ご飯はサンドイッチ。

皆の分は違うのを用意しておいたけど、僕は適当にあるものをパンに挟んで持ってきていた。

カバンからサンドイッチを取り出して齧りつつ、途中、てくてくキノコを見かけたら討伐していく。

そうして気付けば、てくてくキノコの討伐も達成していた。

「次はここか～」

昨日葉羽蛇がいた場所とは、また違う樹が生い茂る場所へとやってきました。

今狙っている魔草、揺れ木の枝が生息するのは、樹と樹の間がかなり離れていて、太陽の光が地面にまで降り注いでいる場所だ。

木の枝を採るくらい、簡単だ——と思っていた数十分前の僕を殴りたい。

枝を切り取ろうと樹に近付いた瞬間、ひゅんっ！　と音が鳴ったと思ったら、腹に衝撃が走る。

僕はぐふぅっ、と息を吐き出しながら、後ろにすっ転んでいた。

「……いってぇー」

思ったほどの痛みはないが、お腹と尻を擦《さす》りつつ起き上がると……

こちらを嘲笑《あざわら》うかのように、樹が楽しそうにビュンビュンと上下左右に枝を振り回していた。

僕は手に持っている短剣を見下ろし、もう一度目の前にいる魔草に視線を向ける。

枝の長さは二メートル以上あり、高速で動いている。こんな短い剣で切り落とす自信は……ない。

え、ナニコレ……無理ゲー？

高速で動く枝を見て、攻撃の届かない場所まで逃げてから、対策を考える。

う～ん。こいつの動きを止めるにはどうしたらいいだろうか？

武器は無理だ。

そうだ、樹は火に弱いはず……だけど、僕は魔法を使えない。

「ん～。何か『ショッピング』でいいものがないか、見てみよう」

僕はタブレットで『ショッピング』を開き、色々と検索して見てみる。

距離が離れている分、ただ火が付くものを買っても意味がない。

というかそもそも、今の『ショッピング』のレベルじゃ買える物も限られてるし。

この距離からでも、攻撃が届かなければいけない。

「……あ、いいことを思い付いた」

画面を見ながらニンマリと笑いつつ、『ショッピング』でポイントを使ってあるものを買う。

魔法陣から出てきたあるもの、それは——

着火ライターと噴射力《ふんしゃりょく》の強いスプレーだった。

カチッ、カチッ、と音が鳴ってから、着火ライターの口からポッと火が出る。

すると、今まで元気よく動き回っていた枝が、ビクッと震えて動きを止めた。

「ふふふふ……」

僕は笑いながら着火ライターの火を樹に向け、スプレーを構える。

そして、スプレーの噴霧用《ふんむよう》ボタンを押した瞬間、ボオウッ！　と大きな炎が僕の目の前を明るく照らす。

ちょっと威力が強くて自分でもビビった。元の世界じゃ、危険過ぎて絶対出来ないな……

しかし、敵には効果覿面《こうかてきめん》であったらしく、枝を縮ませながら震え上がっていた。

「どうだっ！　樹を丸々焼かれるのが嫌だったら、僕に枝を寄越せ！」

僕がそう言うと、バラ、バラバラバラーッ！　と、大量の枝が僕の目の前に落ちてきた。

「…………」

山のように重なる枝を見ながら、こんなには必要ないんだけど、と思う。

どうやら思った以上に、この炎に恐怖を感じたらしい。

こうして、揺れ木の枝も手に入れることが出来た。

昇級試験も二日目が終了して、依頼達成したものも出てきている。

今日の討伐で、てくてくキノコと揺れ木の枝、それに針トカゲの討伐を達成出来た。

残りは、葉羽蛇が三匹と岩亀を一匹のみだな！

## 昇級！

試験三日目、朝食を食べ終え、部屋の掃除もある程度終わってから、ダンジョンに行く為に荷物を整理していると、フェリスさんに声をかけられた。

「ケント君、昇級試験は順調？」

「はい。後もう少しで全ての討伐を達成出来そうです」

「わぁ！　それは凄いわね！　あ、でも……手を怪我しているんじゃ」

「へ……？」

フェリスさんに言われて見てみたら、確かに左手の甲に火傷《やけど》っぽい痕《あと》が出来ていた。

たぶん、昨日の着火ライターにスプレーをかけた時に出来たんだろう。

そんなに大した傷じゃないと言おうと思ったんだけど、口を開く前にフェリスさんに手を取られた。

フェリスさんは僕の手に顔を寄せ、そのぷっくりとした唇《くちびる》を火傷痕に軽く押し付ける。

僕が目を見開き、ひょえー⁉　と驚いている間に、見る見るうちに火傷痕が綺麗に治っていった。

「……これって」

「魔法で治したの。いつもケント君にはお世話になっているもの」

そう言ってフェリスさんは僕の手を離すと腕を上げ、僕の前髪を持ち上げる。

何をするのかと思っていると、フェリスさんは少し立ち上がって前屈《まえかが》みになり目を閉じながら、僕に顔を近付けてくる。

え？　えぇ？　えぇぇっ⁉

この流れはもしや……キス……か⁉

きゅっと寄せられた胸の谷間が見えてしまい、ドキドキと胸が高鳴る。

顔を赤くしながら僕も目を閉じると——

ちゅっ。

額に柔らかな感触があった。

片目をうっすらと開ければ、僕から離れていくフェリスさんが見えるところだった。

額に手を当て、今のは一体……？　と首を傾《かし》げていると、フェリスさんが微笑んだ。

「今のはね、守護魔法を施したの」

「……守護魔法……ですか？」

「ええ。ラグラーからケント君が強くなってきているって聞いてたけど、また怪我をしても嫌だから。私の種族に伝わる、ちょっとしたお守りみたいなものかな」

「そうなんですね……えっと、ありがとうございます」

キスされるのかと思ったけど、キスはキスでも、場所が違った。

……あぁ、恥ずかしい。

額を撫でつつお礼を言えば、フェリスさんはクスクス笑って、試験頑張ってねと言い残して部屋を出ていった。

そして僕は、フェリスさんから香ってきたいい匂いを思い出しながら、今日はいつもより何か出来そうな予感がする！　とスキップで家を出ていったのであった。


三日目のダンジョンで、葉羽蛇の尻尾を斬り落とす。

「いよ～っし！　葉羽蛇も依頼達成！」

僕はホクホクしながら、だらりと垂れる葉羽蛇を革袋に入れて、口を閉める。

短剣を鞘に戻し、袋を腰のベルトに括り付けながら歩き出した。

取り出した地図に従って、最後の魔獣がいる場所へと向かうのだ。

「次は岩亀か……今日で仕留められたらいいけど」

そうして二十分もしないうちに、目的地へとたどり着いた。

場所は、川が流れる砂浜近く。

そこに、数頭の岩亀がのろのろと歩いていた。

そうそう、ここに着くまでの間、初めて自分以外の昇級試験の受験者を見かけた。

僕と同じく水水晶が浮かんいでたから受験者だと分かったんだけど、なんと僕よりも小さな女の子だった。

そんな彼女が背丈に見合わない大きな剣をぶん回しているのを見て、やっぱりここは異世界なんだな、と思った。

いや、とにかく今は試験だ。

岩亀の近くに寄り、まずは試しに剣を首元に振り下ろしてみる。

ヒュン、サッ、ガスッ。

ヒュンと剣を振った瞬間、思っていた以上の速度でサッと首が引っ込み、ガスッと剣先が砂に埋まった。

「うわっ、めっちゃ速い」

剣を砂から引き抜いて、しばらく岩亀を眺めていると、また首がにょきっと出てきて、のろのろと動き出す。

試しにもう一度剣を振り上げるが、今度は振り下ろす前に、首が引っ込んでしまう。

何度も何度も挑戦するが――

「……むずっ！」

その日は結局、僕の叫びがダンジョン内に木霊《こだま》するだけだった。


また翌日、試験の四日目は、朝早くからダンジョンに来て岩亀と対峙《たいじ》していた。

皆の分の朝食は、冷めても美味しい具材が盛り沢山のおにぎりを、大量に作って置いてきた。

最近、朝と昼食がちょっと手抜き料理になってしまっているけど、皆は凄く美味しいと言って喜んで食べてくれている。試験に合格したら、ちゃんと作りますので！

今朝の皆の反応を思い返しながら、目の前で幸せそうな顔でバリバリと小石を食べる岩亀を見る。

う～ん、こいつは一体どうやって倒せばいいんだろう？

ラグラーさんが言うように、動きはのろいくせに、首を引っ込めるのが異常に速い。

今日なんて、僕が剣を鞘から抜いた瞬間に首を引っ込めてしまっていた。

短剣で甲羅部分や足や横腹を斬り付けてみるが、ガィンッという音を響かせるだけで、傷一つ付いていない。下手をすれば短剣の刃が悪くなりそうだ。

それから三時間以上格闘してみるも、全然ダメだった。

本当、お手上げ状態なんですけど。

一旦、お昼にしようかな。

今日のお昼ご飯は皆と同じ、おにぎりだ。『ショッピング』で買った、シソのふりかけをかけて混ぜただけ。

片手でおにぎりを持ち、むしゃむしゃ食べながら考える。

そーっと近付いても気付かれる。

横から不意打ちをしてもダメ。

引っ込んでいる首が出てきた瞬間を狙っても、一瞬にして中に戻ってしまって出てこない。

どうしたもんかなぁ〜と、口の中のおにぎりをごくりと呑み込みながら悩む。

指に付いた米粒を舐《な》め取りつつ、ふと、上からの攻撃を試していないことに気付く。

上手く行くか分からないが、試してみる価値はあるかもしれない。

立ち上がり、お尻に付いた砂を払ってから剣を抜く。

僕が動いたことに気付いた岩亀達が一斉に首を引っ込める。

うん、やつらも学習したようだ。

僕は短剣を持ったまま一匹の岩亀に近付いて、甲羅である岩の上に乗った。

岩亀は、僕が乗ってもビクともしない。

僕は体勢を整えて、前方の、頭が出てくる穴の近くに座り込む。

剣先を首元に向けるように両手で持ちながら、しばらくじーっとしていると、足元にある穴からひょっこりと首が出てきた。

出たっ！

しかし、僕ははやる気持ちを抑えつつ、同じ体勢を保って微動だにしなかった。

岩亀はしばらく、警戒するようにその場で止まっていたのだが、背中の上にいる僕が動かないと安心したのか、のろのろと歩き出し、砂の中に顔を突っ込んで小石を食べ始める。

それでも僕は動かず、剣先を下にした状態で持ちながら岩亀の食事風景を眺め続けた。

ガリッ、ゴリ、ガリリ、ゴリッ。

岩亀が小石を顎で砕《くだ》くと、僕の体にもその音が響く。

岩亀は次の食事を摂る場所に移るため、のろのろのろと違う場所へと移動する。

そして立ち止まり、砂の中に顔を突っ込んで少し大きめの石を口に咥《くわ》えて持ち上げる。

頭を上げて、石を噛《か》み砕こうと口を大きく開いた——その瞬間。

今だっ！

僕は握り締めていた短剣をそのまま振り下ろし、岩亀の首筋に突き立てた。

岩亀は口を大きく開けたまま口元から石を零すと、暴れることもなく、そのまま地面へと倒れ伏す。

「っ……ふぅー」

詰めていた息を吐き出す。

岩亀の背中から飛び降り、顔の方に回ってみると、首元からあのどぎつい色の血をとめどなく流していた。

「はぁ～……疲れた」

一旦しゃがみ込み、もう一度大きく息を吐き出してから、突き刺さっている短剣を首元から引き抜く。

それから素材になる頭を回収して革袋の中に入れ、口を閉じた。

これで、昇級試験に出された討伐内容は全て達成だ！

葉羽蛇八匹、針トカゲ二十匹、岩亀一匹、てくてくキノコ四十五体、揺れ木の枝十本――四日かかったけど、ついに無事にやりきったぞ！

これで、皆と同じ暁の一員だと声を大にして言えるんだ。

早く皆に知らせたい――そう思った僕はニヤけながら、急いでダンジョンを後にしたのであった。

ダンジョンからまっすぐギルドへ行き、空いている受付窓口を見付けると、そのまま直行する。

そこには、垂れ目の男性が座っていた。

「こんにちは。Bランク昇級試験受験者の、ケント・ヤマザキです。課題を終えてきました」

「えぇ、水水晶で見ていましたよ。試験お疲れ様でした。まずは、討伐した魔獣などの素材ですが、持ち帰られますか？　ギルドで買い取りもいたしておりますが……」

「あぁ、それじゃあ買い取ってもらえると助かります」

針トカゲの肉は気になるけど、今はお金が欲しいからね。

「かしこまりました。それでは少々お待ちください」

男性は僕が出した革袋を持って立ち上がり、後ろにいた他の職員に渡す。

革袋を渡された人はどこか違う場所へ一旦姿を消すも、すぐに戻ってきて、垂れ目の男性に革袋と数枚の書類を手渡した。

受付窓口に戻ってきた垂れ目の男性は、まずは革袋を僕に返してくれた。

それから、書類に判子《はんこ》を押すと、その上にギルドカードを載せる。そして懐から宝石の飾りが付いた腕輪を取り出して右手に嵌め、ギルドカードに手を翳《かざ》す。

低くて心地の好《よ》い声が不思議な呪文を唱えると同時に、カードと書類の上に魔法陣が浮かび上がってきた。

魔法陣はグルグルとその上を回転して、次に淡い光がカードと書類を包み込む。

光が収まると、そこには灰色のギルドカードが置かれていた。

「ヤマザキさん、Bランク昇級試験合格おめでとうございます！　こちらが新しいギルドカードになります」

男性はにっこり笑いながらそう言うと、灰色のカードを手渡してくれた。

今までは水色のカードであったが、Bランクに上がったことによってカードの色が変わったらしい。

まるで運転免許証のようだなと思っていると、男性が説明してくれた。

その話によると、ランクごとにカードの色が違うそうだ。

D~Cは水色。Bは灰色。Aは白色。Sは銀色。S+は金色。0《ゼロ》は漆黒《しっこく》。

D~S+までは、名前などの文字は黒色で書かれているが、0《ゼロ》——数字持ちの場合だけは、漆黒のカードであるからか、分かりやすいように白金の色で文字が書かれているんだとか。

ともかく、自分の新しいカードを見て嬉しさが込み上げてくる。

僕はカードを失くさないように腕輪の中に大事に仕舞い込み、スキップする勢いでギルドから出ると、皆が待っている家へと帰ることにした。


「ただいま帰りました！」

玄関の鍵を開け、家の中に入って皆がいるであろう居間へ続くドアを開ける。

居間には、僕の帰りを待っていたのか皆がいて、「お帰り」と言ってくれる。

ドアの近くにいたラグラーさんは、帰ってきた僕の顔を見るなり笑っていた。

「お？　そんな満面の笑みを浮かべてるってことは……」

「はいっ！　僕、Bランクに無事上がれました！」

腕輪の中から新しくなった灰色のカードを取り出し、皆に見せつけるように掲《かか》げる。

Bランクの証である灰色のカードを見た皆は、おめでとう、とか、お疲れ様、とか、頑張ったね、と労《ねぎら》ってくれた。

近くにいたラグラーさんとケルヴィンさんに頭を撫でられていると、ソファーから立ち上がったフェリスさんが近付いてきた。

「よく頑張ったね、ケント君」

「……フェリスさん」

「これで、ケント君は暁の正式なメンバーよ。これからも、よろしくお願いね？」

フェリスさんはそう言うと、僕に手を差し出す。

僕は嬉しくて、その手とフェリスさんの顔との間を、何度も視線を往復させる。

「こちらこそよろしくお願いします！」

そう言って、フェリスさんの手を握り締めたのだった。

## フェリスの日記

■月■日
今日も今日とて、ご飯が不味い。

■月■日
そろそろ、台所が腐海へと変貌《へんぼう》しつつある。

どうにかしようと思っても、誰も手を付けない。

本当は浄化魔法で、ある程度綺麗には出来るけど……それをやったら、台所掃除は常に私の仕事になってしまいそう。

それは嫌……やりたくな……うん、ほら、こういうのって、皆でやる仕事じゃない？

だから私一人が魔法で楽に仕事をしちゃいけないと思うの。

よし、ある程度台所を綺麗にしてもらうよう、ギルドで台所掃除の依頼をしよう！

■月■日

ついに、台所掃除をしてくれる人が来ることになった。

そうそう、ギルドに依頼をしたことを皆に伝えたら、そんなことで依頼を出すのかと言うから、「じゃあ、あなた達がやる？」と聞いたら視線を逸らされたっけ。

ともかく、やってきたのは、まだあどけない顔をした少年だった。

Dランク依頼だから、まぁそのくらいの年の子が来るだろうと思っていたし問題はない。

ただ、ちょっとこんな年齢の子にやらせる仕事ではなかったかもと、台所を見て固まる少年を見て反省した。

しかーし！

信じられない奇跡が起きたのよ。

あんなに汚れていた台所が、短時間でピッカピカに綺麗になっていたの！

白い壁紙なんて……何年振りに見たかしら？

依頼達成時の報酬金を思わず上乗せしちゃった。

■月■日
また、台所が汚くなってきた。

■月■日
明日は街で買い物をするついでに、グレイシスが作った魔法薬を売りに行こうかと思う。

久々に外食でもしようかしら。

■月■日
いつも卸《おろ》している薬屋に魔法薬を売り、屋台に寄って串肉《くしにく》を買う。

口から火が出るんじゃないかと思えるくらい、辛い串肉だった。

美味しくはないけど、お腹がそこそこ満たされたから、まぁいいことにする。

口直しに甘いものを食べたいな～と思っていると、以前台所を綺麗にしてくれた、ケント君を発見！

何か暗い表情をしていたから声をかけて話を聞けば、住む家がないって言うじゃない。

それは大変だ！　ということで、暁に誘った。

……別に、ケント君が来たら掃除とか一切しなくてもいいから、ラッキーなんて思ってないよ？

■月■日
ケント君は……私達の救世主じゃないかしら!?

本当、ケント君が作るご飯が美味し過ぎて、ケント君なしじゃ生きていけない！　誇張《こちょう》でもなく本当に！

明日はどんな美味しい料理が出てくるのかしら。

ハッキリ言って、暁のメンバー全員、ケント君に胃袋をガッチリ掴まれているわ。

もしもケント君が暁を脱退したいなんて言い出したら、皆ケント君の足に縋《すが》って「行かないでー！」って懇願《こんがん》しそう。

本当、あの時ケント君を暁に誘った私……偉い！

■月■日
最近、異常に体調がいい。

何ていうのかしら？　体が軽いし、早く動ける気がしてならない。

不思議に思って皆にも聞いてみたら、ケント君は首を傾げていたけど、それ以外のラグラーやグレイシス、それにクルゥとケルヴィンも私と同じことを考えていたと言う。

でも、よく考えてみれば、この現象はケント君が来てからなのよね。

何が原因かは分からないけど……

ケント君が暁に入ってくれてから、私達にはいいこと尽くめだわ！

## クルゥ君の『声』

ふんふんふ～♪　ふふふんふ～ん♪

暁の正式なメンバーになって、二週間。今僕は、鼻歌を歌いつつ、朝食の準備をしていた。

まずは、すりおろし器で皮を剥いたジャガイモとタマネギをすりおろす。

鍋に水を入れて、すりおろしたジャガイモとタマネギも入れ、木ベラで鍋の中をゆっくり混ぜる。

ぐるぐると鍋の中を混ぜたところで蓋をして、煮立たせている間に……オムライスでも作ろうか。

残っているタマネギと、ダンジョンから獲ってきた肉をベーコンにしたものをみじん切りにして、新しく出したフライパンに入れて炒める。

次《つ》いで、昨日の夕飯で残ったご飯も投入してから、混ぜ合わせる。

塩胡椒を少々とケチャップを入れてかき混ぜ、ご飯にケチャップがまんべんなく混ざったところで火を止め、人数分の底の深い器に入れておく。

その間、隣で煮込んでいた鍋の火を止め、『ショッピング』で生クリームを買う。

冷蔵庫から出した牛乳を生クリームと共に鍋の中に加えて、塩胡椒とコンソメを入れて味を調え、スプーンで掬って味見をする。

「うん、イイ感じ」

ということで、ガラスボウルにジャガイモのスープを入れ替えて、冷やす為に冷蔵庫の中に入れる。

この魔法の冷蔵庫は、熱々のものを中に入れても、庫内の温度が上がることはないらしい。しかもどんなに熱いものでも、冷蔵庫の中に入れて一分以内には冷えているから驚きだ。

魔法って本当に凄いよね、自分が使えないのが本当に残念だ。

スープを冷やしている間に、平べったい皿を食器棚から取り出し、その上に、ケチャップライスが入った器を逆さまにして置く。

「よっと！」

器を軽く振ってから持ち上げると――器の形で固まったケチャップライスが、お皿の上に綺麗に載っていた。

それを人数分作ってから、フライパンで半熟《はんじゅく》に焼いた卵を、ケチャップライスを包み込むように載せる。

「よし、完成～」

ケチャップをジグザグに卵の上にかけたら、オムライスの出来上がり！

冷蔵庫の中に入れておいたスープを取り出してカップに移し、出来上がったものから順番に居間へ運ぶ。

各自の席の前にランチョンマットを敷いて、オムライスのお皿とスープが入ったカップ、スプーンを置いた。

朝食の準備が整ったところで、皆がタイミングよくやってきた。

それぞれに朝の挨拶をしていると、クルゥ君がいないことに気付く。

「あれ？　クルゥ君はどうしたんだろう？　朝食に遅れてくるなんて珍しい……」

見た目はひょろっとした文系少年なクルゥ君だが、実はよく食べる。

いつも食事には一番乗りでやってくるし、僕が料理しているところを、扉の陰からこっそり見ているのを知っている。

もしかして体調が悪いのかな？　そう心配になって見に行こうとしたら、ケルヴィンさんに止められる。

「大丈夫、いつものやつだ」

「いつも？」

「ああ。数ヵ月に一度、今日みたいに朝から一歩も部屋から出てこない時があるんだ。その時は、『喉が痛んでいる』時だと思ってくれたらいい」

「病気なんですか？」

「いや、病気ではないんだが……体質みたいなものだな」

「体質……ちょっと心配ですが、分かりました。あ、飲み物は作って持っていってあげた方がいいですかね？」

「今は我慢《がまん》している時だろうから、そっとしておいてやってくれ。それに、昼くらいには下りてくるだろう。そうしたら、喉に優しい飲み物を作ってやってくれないか？」

「はい！」

ケルヴィンさんの『今は我慢している』という言葉に、どういうことだろうと内心首を傾げるも、まずは頷いておいた。

クルゥ君の食器にキッチンカバーをかけてから、僕達は朝食を食べることにした。

最近の僕は、住む所やお金の心配などをしなくてもよくなったので、かなり心の余裕が持てている。

それに、皆の食事のお世話をしたり、家の中や庭をお手入れしたりしていても、意外と時間はとれるのだ。

なにせ、家の中の仕事は毎日ちょこちょこと手入れをしていれば、そんなに時間がかかるほどのものでもない。庭や家周りの雑草取りだって毎日やるわけじゃないから、ゆっくり出来る時間は十分あった。

日々の隙間時間にもギルドに行っているんだけど、Bランク依頼の報酬金はCランクのものより多いので、数をこなす必要はない。

そんなわけで、今日は一日ゆっくりする予定だった。

家事の方も、僕とクルゥ君以外は夕方まで出かけているので、お昼を多く作る必要がない。

いつもであれば、こんな日には昼寝をしているけど、今日は気になることがあって寝ていられないんだよね。

テーブルの上に置かれたままの、キッチンカバーをかけられた朝食と昼食を見詰める。

朝食の方は朝からあのままの状態で、結局、お昼を過ぎてもクルゥ君は下りてこなかった。

心配になった僕は、喉にいい飲み物を持っていってあげようと思った。

『レシピ』を開いて喉にいい飲み物を検索する。

「……お、これがいいんじゃないかな？」

『ぽかぽかレモン蜂蜜生姜』――喉が痛い時にお勧め、と書いてあった。

うん、名前からして、喉だけじゃなくて体にもよさそう。

僕は早速それを作ることにした。

台所に立ち、生姜と蜂蜜を出して、『ショッピング』でレモン汁を買う。

クルゥ君のカップを用意し、すりおろした生姜と蜂蜜を入れ、沸《わ》かしたお湯を注いでかき混ぜる。

お湯の中で、すりおろした生姜がクルクルと舞う。

そこに数滴レモン汁を垂らし、完成。

スプーンで掬って味見をしてみる。

「あー……温まる感じがするぅ～」

僕はカップを木製のトレイの上に置き、クルゥ君の部屋へ届けに行こうとした――んだけど、ハタとあることに気付いて立ち止まった。

クルゥ君は喉が痛むと言っていたから、もしかしたら咳《せき》をしているのかもしれない。

咳止め薬を『ショッピング』で購入してもいいんだけど、この世界の人に地球の薬が合うのかどうか分からないし、風邪じゃなかったら、季節的な問題か乾燥が原因なのかも。

どちらにしても、マスクをしたら少しは症状がよくなるんじゃないだろうか？

そう思った僕は、『ショッピング』を開いてマスクを検索する。

見れば、金額は同じでも、何枚も入った箱売りのものから、たった一つしか入っていないものもありピンキリだ。

どれがいいのかは分からないから、自分も使えるように複数入りの箱売りのものを買った。

魔法陣から出てきた箱の蓋を開け、一枚マスクを取り出す。

そして、以前咳が出た時にフェリスさんが調合してくれたウッド系の香りがする魔法薬を、軽く吹きかける。

服用しなくても、香りだけで咳を抑える効果があるんだとか。

そんなに匂いもキツくないし、僕はこれですぐに咳が軽くなった。

きっとクルゥ君にも効果があるだろう。

マスクをトレイの上に載せた僕は、改めてクルゥ君の部屋へ向かう。

クルゥ君の部屋は二階の突き当たりだ。

扉を叩き、「クルゥ君、入るよ」と声をかけてから中へ入る。

最初に目に飛び込んできたのは、ベッドの横にある脚が折れたミニテーブルと、粉々に砕けたコップの破片が落ちている床。

そしてベッドの上には、座ったまま毛布に包《くる》まったクルゥ君が、両手で口を押さえて震えていた。

「クルゥ君っ⁉」

僕は慌ててクルゥ君のもとへ駆け寄り、ベッドの端にトレイを置いてから、クルゥ君の顔を覗き込む。

「クルゥ君、どうしたの？　気持ち悪い？　病院に行く？」

「……っ……っ、っ！」

僕の言葉に首を振るも、すぐに眉間に皺を寄せてビクッ、ビクッ、と体を震わせるクルゥ君。

よく見ると、体を震わせているのは、咳を手で押さえている反動のようなものだった。

ギューッと両手で口を押さえつけ、涙目になりながら咳を我慢するクルゥ君に僕は慌てた。

そんなことをしていたら、もっと喉を傷めてしまう！

それに、無理に我慢している分、余計に咳が酷くなっているようだった。

僕はトレイに載せていたマスクを取ると、クルゥ君の手首を掴んで顔から無理矢理離す。彼の手首は、驚くほど細かった。

ビックリした表情で僕を見たクルゥ君であったが、すぐにまた咳をしたくなったのか、顔を歪《ゆが》めながら手首を掴む僕の手を振り解《ほど》こうとする。

しかし、僕は、そんな彼を叱《しか》った。

「クルゥ君、ダメでしょ!」

出会って以来初めて怒鳴《どな》り声を上げた僕を見たクルゥ君は、驚き過ぎて一瞬咳が止まったみたいだ。

「いい、クルゥ君? そんな風に無理に咳を止めると、もっと喉を傷めるからダメだよ。あまりに酷い咳なら薬を飲んだ方がいい。それに、手で押さえようとしないでマスクをしなさい」

僕はそう言いながら手に持つマスクを広げ、クルゥ君の両耳にかける。

——ケホッ、ケホ。

マスクをしたまま、手で押さえずにクルゥ君が咳をした。

すると、僕の額を覆う前髪が少し浮いたような気がしたが……たぶん、窓が開いていたから風が入ってきたんだろう。

僕はクルゥ君に笑いかけて問う。

「手で無理に押さえ込むより少し楽になったでしょ?」

するとクルゥ君はなぜか呆《ほう》けた表情で頷いた。

どうしたのか分からないが、僕はそのままトレイの上に載せていたカップを取ってクルゥ君に手渡す。

「これ、喉にいい飲み物だから飲んでみて？　生姜とか蜂蜜は嫌いじゃない？」

「…………」

首を縦に振ったクルゥ君は、口元を覆うマスクを少しだけずらすと、ふぅふぅと息を吹きかけながら飲む。

ふぅ〜、ふぅ〜っ、コクコク。

ふぅ〜っ、ふぅ〜、コクコクコクッ。

ぽかぽかレモン蜂蜜生姜を飲んでいる間、クルゥ君は咳をしなかった。

そして無言でカップの中身を全て飲み終えたようだ。

ふにゃんとしたクルゥ君の表情を見ながら、僕は下ろしていたマスクを戻してあげる。

すると、クルゥ君は至福の顔をしてニッコリ微笑み――

「……んはぁ〜。生き返るぅー」

え、めっちゃ小声だけど喋《しゃべ》った⁉　喋れないんじゃないの⁉

「…………」

「…………」

僕とクルゥ君は、お互いビシッと固まりながら見詰め合っていた。

聞き間違いじゃない……はず。

しかもその声は、少し高めで可愛かった。

もしかして、クルゥ君って……クルゥちゃん⁉

驚いて固まっていると、一階からただいまーという声が聞こえてくる。

ちょっと早いけど、フェリスさんが帰ってきたらしい。

僕がその声に反応するより早く、クルゥ君は被っていた毛布を後ろに放り投げ、目にもとまらぬ速さで部屋を出て、一階へと駆け下りていった。

僕の目の前を通り過ぎる時、クルゥ君は上半身裸の下着姿で——ぅん、ちゃんと『クルゥ君』だったよ。

クルゥ君って寝る時はパンツだけのタイプか……って、そんなことはどうでもいいと頭を振る。

「ちょ、ちょっと！　クルゥ君、待って！」

僕は立ち上がって、慌ててクルゥ君の後を追いかけた。

一階へ下りると、外から帰ってきたフェリスさんが、興奮するクルゥ君をビックリしながら宥《なだ》めているところであった。

「ちょっと落ち着いて、クルゥ。それに、何で服を着ていないの？」

「……っ！　……っ！」

「うんうん、身振り手振りじゃ分からないからね？　いつも持ち歩いている紙はどうしたの？」

「～っ‼」

自分の身振り手振りが一向に伝わらないことに、地団駄《じだんだ》を踏むクルゥ君。

そんな二人を見ながら、僕は口を開く。

「あの、フェリスさん……お帰りなさい」

「ただいま、ケント君」

「そのぉ……つかぬことをお聞きしますが」

「うん？」

かしこまって話を振る僕に、フェリスさんが首を傾げる。

そんなフェリスさんに、僕は直球で聞いてみることにした。

「クルゥ君って、本当は喋れるんですか？」

僕の言葉に、フェリスさんは驚きの表情を浮かべ、自分よりも小さなクルゥ君を見下ろす。

フェリスさんに見詰められたクルゥ君は、眉間に皺を寄せて俯《うつむ》くようにしていたが、軽く溜息を吐いた後、ゆっくりと顔を上げた。

そして、マスクをつけた状態で口を開くと、凄く小さな、囁くような声でこう言った。

「フェリス、ボク……声を出しても大丈夫そう」

上半身裸のパンツ一丁という姿を見ないで、声だけ聞いてると……本当に女の子みたいだな、とどうでもいいことを思ってしまった。

クルゥ君の言葉に、フェリスさんは考えるように首を傾げてから話し出す。

「それが……あまり分からないんだ。今は喋ってもものが壊れるってことはなさそうだけど、怖いから小声で喋ってる」

「そう……でも本当に魔力の暴走はなさそうね」

フェリスさんは辺りを見回しながらそんなことを言うが、頬に手を当てて困惑した表情を浮かべた。

「今日の朝まで、いつもの症状が出ていたでしょう？　それなのに、急によくなるなんて……」

「あのね？　フェリス。今回は時間が経ってもいつもの症状が治まらなくてつらかったんだけど、ケントが持ってきてくれた飲み物を飲んだら、急に症状がよくなったんだ」

「ケント君が作ってくれた……飲み物？」

フェリスさんが僕を見たので、クルゥ君の為に喉にいい飲み物を作って持っていったんだと説明する。

「どんなモノを作ったの？」

「普通に蜂蜜と生姜、それに少量のレモン汁が入った温かい飲み物です。それ以外は何も入っていません。もしよかったら、同じのを作りましょうか？」

「……お願いするわ」

というわけで、僕は二人にソファーへ座ってもらってから――あ、クルゥ君には着替えをするようお願いして――台所に立ってぽかぽかレモン蜂蜜生姜を作った。

「はい、お待たせしました」

コトン、とテーブルの上にコップを置く。

二人はお礼を言いながらコップを持つと、ふぅふぅと息を吹きかけてから飲む。

二人が飲んでいる姿を黙って立って見ていたのだが、どちらも無言で飲み続ける。

「はぁ～、温かくて美味しい……それに、優しい味がする」

「………………」

至福の表情でコップの中身を飲み終えたフェリスさんがそう言うと、クルゥ君も同じ顔でうんうんと頷く。

そして、コップの中身を飲み干したクルゥ君は、マスクを口元に戻してから話し出す。

「不思議だね。今までどんなことをしても魔力の暴走を止められなかったのに、この飲み物を飲んだら一瞬で暴走が治まったんだから。どんな魔法を使ったの？」

「魔法？　いやいや、そんなものは使ってないよ！」

「そうなの？」

驚いた表情で僕を見るもんだから、僕は本当に違うんだと首を振る。

『情報』によれば僕にも魔力はあるみたいだから、出来ることなら魔法を使ってみたい気持ちはかなりあるんだけど、使い方が分かんないし。

「……そうなんだ。でも、ケントのおかげで魔力の暴走が治まっているんだ。感謝しなきゃね」

クルゥ君はそう言うと、一度言葉を区切ってから、顔を上げてなぜかマスクを外す。

そして——

「ありがとう、ケント！」

囁くような小さな声じゃなく、少し大きな声でクルゥ君は感謝の言葉を口にした。

たぶん、マスク越しじゃなくて直接伝えたいと思ったんだろう。

今まで見たこともないような嬉しそうな表情を見た僕は、「どういたしまして」と言おうとしたのだが……

「——っ⁉」

「ケント君⁉」

「け、ケント！」

クルゥ君の声を聞いた瞬間、突然目の前がぐにゃりと歪んで、慌てたフェリスさんが僕に手を差し伸べるのを見たのを最後に、意識を失ってしまった。

## 魔声の実験

パチッと目を開ければ、たわわに実った大きなお胸が目に入る。

人間の本能とでも言うのかな？

目の前にある夢がいっぱい詰まった胸へと、自然に両手が吸い込まれるように伸びていきそうになったところで――

「はいっ、治療《ちりょう》は終了～！」

そんな言葉と共に、夢は遠のいていった。

ほんの少し上げた腕を、『僕、何もしてませんよ～？』と自然を装って下ろす。

顔を上げれば、目の前にはグレイシスさんとフェリスさん、それにしょんぼりするクルゥ君がいた。

「あれ？　グレイシスさん、いつ帰ってきたんですか？」

「今帰ってきたところよ。帰ったらケントが倒れていたから、ビックリしたわ」

「え？　倒れ……？」

目をパチクリしていると、フェリスさんがごめんなさいね、と謝ってきた。

僕が倒れた原因は、目の前でしょんぼりするクルゥ君が原因だと言う。

なんでも、クルゥ君は『魔声持ち《ませいも》』らしい。

『魔声持ち』とは、生まれ付き声に魔力が備わっている人のことで、別名『悪魔の声』とも『魅《み》了《りょう》する声』とも言われているそうだ。

その主な能力は、人の心に作用するというもの。つまり、魔声を聞くと強烈に惹《ひ》きつけられるんだって。

完璧《かんぺき》に魔力の制御が出来れば、相手を意のままに操ることも可能。

また、魔声を聞くのに耐性が無いと、酩酊《めいてい》状態になったり、僕のように意識を飛ばしたりしてしまうんだとか。

クルゥ君の場合は、まだ魔声を――正確には魔力を上手く制御出来ていないらしい。

しかも、異常に魔力値が高いことから、頻繁に魔力を暴走させてしまう。

すると何が起きるかというと、クルゥ君の部屋みたいに、彼の周りにある物が、暴走した魔力によって壊れてしまうんだって。

そう、クルゥ君が咳をした時に僕の前髪が上がったのは、風でも何でもなく、クルゥ君自身から出た魔力によって浮き上がった現象だったのだ。

まぁ、そんな魔声を耐性も何もない僕が聞いちゃったから、ぶっ倒れてしまったらしい。

クルゥ君は感謝の言葉を述べただけだったんだけど……しょうがないよね、こればかりは。

それで、ちょうど家に帰ってきたグレイシスさんが、治癒魔法でささっと直してくれたらしい。

ありがとうございます！

自分が倒れた原因が分かって、なるほどねと頷きながら立ち上がる。

「クルゥ君、僕は気にしてないからね」

そう言ってクルゥ君の頭を撫でると、クルゥ君は手に持っていた紙にサラサラと書き、『ごめんね』と『ありがとう』の言葉を見せてくれた。


さて、僕がクルゥ君の声を聞いて倒れた時から、数日が経ち……

「それじゃあ、これより実験を始めるわよぉ～」

目尻の先が少し尖《とが》っている伊達《だて》メガネをかけたグレイシスさんが、魔法使いが持つような杖《つえ》を振る。

そんなグレイシスさんを見ながら、手を上げて「は～い！」と返事をする僕、ケルヴィンさん、ラグラーさん。

ソファーに座る僕達三人の向かい側には、一人用の椅子に縮こまるようにして座るクルゥ君がいて、その横にグレイシスさんが立っている。

フェリスさんは、そんな僕達五人を少し離れた食卓テーブルの椅子に座って眺めていた。

僕達は今、何をしようとしているのか。

それは、クルゥ君が自分の魔声をどこまで制御出来ているのかの確認だ。

今までは、クルゥ君が少しでも声を出そうとすると、その声を聞いた人は必ず倒れていたそうだ。

ここ数年はどんなに魔声制御の練習をしても上手くいかず、諦《あきら》めモードが加速してしまったらしい。自分が声さえ出さなければ他人に被害を出すことはないだろうと、魔声の耐性がある人の前以外では声を出さなかったんだって。

でも、この前僕の飲み物を飲んだら魔力の暴走は止まったし、囁くような声なら僕は倒れなかった。

だから、もしかすると、少しは魔力の制御が出来ているのではないか、とグレイシスさんは考えたようだ。

でも、どこまで出来ているのかは、本人にも詳しく分かっていない。

というわけで、実験をすることになったのだ。

実験相手は、耐性が全くない僕と、少しだけ耐性があるらしいケルヴィンさんとラグラーさん。

グレイシスさんとフェリスさんは、耐性があるそうなので除外される。

と、いうことで実験開始！


実験その1。

まずは何もしない状態で、クルゥ君に声を出してもらう。

「あの、ボク……」

ほんのちょっと、クルゥ君が声を出しただけなんだけど。

「うおぉぉぉおっ！　鳥肌が立つー！」

「……ちょっと、きついな」

「――っ!?」

ラグラーさんは身震いしながら全身に鳥肌を立たせ、ケルヴィンさんは青い顔をして口元を押さえ、僕は速攻で意識を失った。


実験その2。

グレイシスさんの治癒魔法で治してもらった後、僕は台所でぽかぽかレモン蜂蜜生姜を作ってクルゥ君に手渡す。

それを全て飲み干してから、グレイシスさんに指示を受けたクルゥ君が、僕達の方へ向いておずおずと口を開く。

「えっと……何を話したらいいかな？」

緊張しながらソファーの上で座っていた僕達は、クルゥ君の声を聞いてもさっきみたいな症状が出なかった――と、油断していた。

「あ、なんか大丈夫そぅぉぁうあぅぁ」

「おっ？　あ？　んん……ぁ……やっぱダメかも」

「……ふむ。少し気持ち悪いぐらいだな」

僕は喋っている最中に呂律《ろれつ》が回らなくなって、そのまま意識もフェードアウトしていく。

ラグラーさんは腕に大量の鳥肌を立たせ、ケルヴィンさんは少し眉間に皺を寄せるぐらいだった。

そんな僕達を見て、頷きながら紙にメモを取るグレイシスさん。


実験その3。

今回の実験は、その2より数日空けてから行うことにした。

今日は、クルゥ君にマスクを着けてもらった状態から始めてみる。

両耳にマスクの紐《ひも》を掛けて、クルゥ君は声を出す。

「ごほんっ……それじゃあ、始めます」

その声を聞いた僕達は、動悸《どうき》と息切れが止まらなくなった。

「あの、僕、何か変な気分に……」

「やべー、違った意味でマジでゾクゾクするんだけどっ！」

「……胸がときめく。あぁ、こんな感情は知らな――」

そんな僕達を見たグレイシスさんが、杖で僕達の頭を殴《なぐ》って正気に戻した。

特に、ケルヴィンさんの頭を容赦なく殴る。

あっぶなぁー！　なんか、後ちょっとで危ない道への扉を開いてしまうところだったよ!?

魔声恐るべし！

あ、ケルヴィンさんがソファーの上で崩れ落ちているけど、大丈夫かな？

ちなみに、そんな僕達を見ていたフェリスさんは……こっそり爆笑していたらしい。


実験その4。

また少し日を置き、今日はぽかぽかレモン蜂蜜生姜を飲んでもらった上で、マスクもしてもらう。

前回みたいにならないようにと祈りつつ、固唾《かたず》を呑《の》んで待つ。

顔を上げたクルゥ君が口を開く。

「あ～、皆……どうかな？」

普通の声の大きさではなく、少し囁くような声でそう聞いて来たクルゥ君に、僕達はソファーから立ち上がってガッツポーズを取る。

「大丈夫……大丈夫だよ、クルゥ君！　全然なんともない！」

「……本当？」

「あぁ、俺の腕にも鳥肌は一切立ってない。それに変な気分にもならねーし」

「私も大丈夫だ」

僕達の言葉を聞いて、クルゥ君はマスクをしたままニコリと笑う。

そう、感極まったクルゥ君が大きな声を出した瞬間――

「うわぁ～。ボク、すっごく嬉しい！」

実験その1と同じ反応が僕達に出た。

ラグラーさんは全身に鳥肌を立たせ、ケルヴィンさんは青い顔をして口元を押さえてその場にしゃがみ込み、僕は速攻で意識を失う。

すぐにグレイシスさんが治癒魔法をかけてくれたので、僕達は回復する。

そんな僕達を観察していた彼女は、メモしていた紙からフェリスさんへと視線を移し、なにやら二人で頷き合っていた。

「たぶん、クルゥは自分で魔声を制御出来ているってわけじゃないみたいね」

眼鏡を外したグレイシスさんは、手に持っていた紙を眺めながら、そう結論付けた。

「あの、クルゥ君が魔声を制御出来ていないって、どういう意味なんですか？」

グレイシスさんの言葉が気になって聞いてみると、肩を竦《すく》めながら口を開く。

「クルゥが本当に自分の力で制御出来ているのなら、飲み物やマスクがなくても、大丈夫なはずでしょ？」

「確かに……」

「反対に、ケントが作る飲み物を飲んだり、口を覆うマスクをしたりすることで、ある程度魔声の制御が出来るみたいね」

しかし、その二つを使ったとしても、声を大きく出してしまうと意味がない。

どちらか一つだけでは、ダメ。

二つ一緒に使って、なおかつ小声で話す場合にのみ、被害は出ない。

それが、実験で分かったことだという。

「それじゃあ、僕が作ったものを飲んでマスクをつけてさえいれば……クルゥ君は喋れる？」

僕がそう問えば、グレイシスさんと、僕達の方へやってきたフェリスさんがそうだと頷く。

「小声という条件付きだけどね」

「……でも、ケント君の作る飲み物を飲んでマスクをすればすむとしても、私は、クルゥ自身がもっと魔声制御をする努力をした方がいいと思うの」

フェリスさんはクルゥ君を見ながら、話し続ける。

「ものに頼ってばかりいて努力することを怠《おこた》るなら、今までと同じことの繰り返しよ」

「……っ」

「クルゥ、かなり前にも言ったけど、君の『声』は特殊なの。今は私の魔法で力を抑えているけど、クルゥが成長すればするほど魔力は強くなって、今よりももっと暴走が起きやすくなる。だから、これからは本を読んで現実逃避をするのではなく、力を制御する努力をなさい。そうすれば、心のままに声を出すことが出来るわ」

「……本当？」

「本当です。でも、急に自分の力だけで制御しようと思っても、出来ないでしょう？　だから――」

フェリスさんは一旦口を閉じてから僕の方を見る。

「ケント君」

「はいっ！」

名前を呼ばれた僕は立ち上がって、びしっと姿勢を正し、気を付けの姿勢を取る。

「ケント君が作るもので、クルゥの調子もだいぶ落ち着いてきたみたいだけど、もう少しだけ、ケント君の力を借りてもいいかな？」

「もちろんです！」

僕が困っていた時、暁の皆は助けてくれた。

だから、僕は皆に喜んでもらえることをしようと思っていた。

美味しいご飯を作って、皆が快適に過ごせるように家の中や衣服を清潔に保ち、いつも笑顔でいてもらえるように。

その為なら、僕は何でもするつもりだ！

「任せてください！」

僕はそう言って胸を叩いた。


『情報　Lv2』


クルゥ君の魔声の実験が終わってから三日。

「これで、今日の洗濯物は終わり！」

暖かい太陽の光が降り注ぐ庭先で、僕は風に揺れるシーツを見ながら、今日なら洗濯物も早く乾くだろうと笑う。

使われていない木材を利用して、ケルヴィンさんに作ってもらった折り畳み可能な物干し台は、大変役に立っている。

剣を握れば一切手加減が出来ない不器用な男だと、ラグラーさんにからかわれているけれど、工作という意外な特技を持っていたのには驚いた。

なんでも、小さい頃は大工になりたかったんだとか……

洗濯物を全て干し終えた僕は、籠を持って家の中へ戻っていった。

ちなみに今日は、フェリスさんとグレイシスさんは街へ魔法薬の材料を仕入れに行っている。クルゥ君は魔力の制御をしていて、ラグラーさんとケルヴィンさんは、食料になる魔獣を狩りにダンジョンへ潜っている最中だ。

僕はといえば、自分の部屋で魔力の制御を頑張っているクルゥ君の為に、喉にいいものを作ろうと思っていた。

実は昨日の夜、寝る前に『柚子と生姜の蜂蜜漬け』を作っておいた。

柚子は粘膜《ねんまく》の保湿や保護の効果があるので、『ショッピング』で取り寄せて使ってみることにしたんだよね。

柚子と生姜の皮を剥いて切ってから、蓋付きの瓶に交互に入れる。そこへ蜂蜜をひたひたになるくらい入れて、一晩置くだけで完成だ。

さて、今日はこれで飴《あめ》を作ろうと思う。

まず『ショッピング』で買ったゼラチンを水でふやかしておく。

棚から出した小さめの鍋に、一晩置いておいた柚子と生姜の蜂蜜漬けのシロップを垂らし、そこへレモン汁と水を入れて、沸騰《ふっとう》させない程度に温める。

そこにふやかしていたゼラチンを入れ、木ベラでかき回して溶かす。

火を止めて、昨日見付けた製氷器のような型に流し込み、冷蔵庫で冷やせば完成だ。

使った器具を一通り洗ってから、冷蔵庫を開ける。

「お、固まってるなぁ～」

製氷器を取り出し、両側を捻《ひね》って、まな板の上に中身を落とす。

コロンコロンと転がり落ちる飴を手に取ってみると、べっ甲のように綺麗な色をしていた。

欠片を口に入れてみると、とろりと溶ける柚子や蜂蜜の甘さが口の中に広がり、顔が自然に綻《ほころ》んでしまった。

流石にこのままだと少し大きいから、包丁で切って食べやすい大きさにしておく。

出来上がった飴を小さな瓶に入れて蓋を閉め、柚子と生姜の蜂蜜漬けを盛った小皿と共にトレイの上に置く。

「ん～、今日は何にしようかな……あぁ、無難に普通の紅茶にしておくか」

僕は『ショッピング』で買っておいたティーバッグを使って紅茶を入れ、トレイに載せた。

そしてそれを持って二階へ向かった。

「クルゥ君、お茶の時間だよー」

トレイを片手で持ち、もう片方の手でクルゥ君の部屋をノックすると、少し時間を置いてからドアが開いた。

『ケント、中に入って』と書かれた紙を持つクルゥ君に、お邪魔しまーすと言いながら中に入る。

クルゥ君の部屋に入るのは初めてじゃないけど、前回はいろんなことがあったりして慌てていたから、部屋の中を見る余裕がなかった。

だから、初めて入るような気分だ。

机の上にトレイを置き、まずは飴が入った瓶を取る。

「クルゥ君、今日はちょっと飴を作ってみたんだ」

『飴？』

「そう。あぁ、でも安心して！　駄菓子屋《だがしや》さんで売っているような激甘な飴じゃないから」

『それなら、食べてみようかな』

クルゥ君は紙を置くと、僕が持つ瓶から飴を取って口の中へ入れる。

「……っ⁉」

クルゥ君は口に入れた瞬間目を大きく開き、ん〜っ！　と悶《もだ》えながら、美味しいと身振り手振りで訴《うった》えてくる。

いやぁ〜、美味しかったのならよかったよ。

そんなクルゥ君を見て笑っていたのだが、ゼラチンで作った飴だからすぐに口の中から無くなってしまったんだろう、『あ、なくなっちゃった』と言いたげな顔をするクルゥ君。

そこで柚子と生姜の蜂蜜漬けを入れた紅茶を勧めてみる。

湯気が立つ紅茶の中に、柚子と生姜を二、三枚入れてスプーンで優しくかき混ぜれば出来上がりだ。

クルクルと舞うように、柚子と生姜がカップの中で踊る。

カップを渡すと、両手で受け取ったクルゥ君は息を吹きかけながらコクコクと飲む。

飲んだ後に、ぷはぁ〜と息を吐き出して至福の表情を浮かべるクルゥ君を見て、隙ありっ！　と漬かった柚子と生姜をスプーンで口に突っ込んだ。

「……っ‼」

「あはは、これも意外とイケるでしょ？　後ですぐ溶けないような飴を作ってみるね。それまでの間、この飴と一緒に紅茶も置いておくから、魔力の制御頑張ってね」

僕がそう言うと、クルゥ君は口をモグモグさせながら頷く。

舐めて美味しい、飲んで美味しい、食べても美味しい、柚子と生姜の蜂蜜漬けであった。


早めに家事が終わったので、これまた早めにお風呂に入った僕は、部屋に戻ってベッドにダイブする。もう少ししたら夕食の準備だけど、少し休もう。

「ふぃ～、いい湯だった」

うーんっ！　と唸《うな》りながら全身を使って伸びをしてから、起き上がる。

腕輪をタブレットへ変えると、画面を覗く。

さっきお風呂に入っていて気付いたんだけど、今までこの世界で生きていくのに必死で、アプリのレベルを上げるのは二の次になっていた。

「ん～……暁に入って、生活も安定して来たし、そろそろこっちのレベルも上げていい時期なのかもしれないな」

そう呟きながら、『情報　Lv1』を開いてみる。

**【ケント・ヤマザキ】　Lv12**

**・種族：人族　　・■■：■■**

**・性別：男**
**・年齢：16**
**・職業：Bランク冒険者**
**・[redacted]：[redacted]**
**・[redacted]：[redacted]**

まぁ、アプリのレベルが1なので、出てくる情報は今までと変わらない。

画面の右上に、『情報　Lv1』と表示されていて、そこに触れると**【Lvを上げますか？　はい／いいえ】**というものが出てくる。

『はい』を押すと表示されるのは、以前見た時と変わらぬ、二十万という数字。

ホント高いよなぁ～。

『情報』を閉じてホーム画面に戻すと、画面右下にポイントが表示されている。

――３６４０５０レン。

つまり、日本の金額で言えば三十六万四千五十円。

ここ数か月、こつこつと貯めてきた金額でもある。

まぁ、ポイントに変えていない現金とかギルドカードに入れている金も足せば五十万円以上にはなっているけどさ……

でも、二十万を一気につぎ込むのは、ちょっと躊躇《ちゅうちょ》してしまう。

どうしようかと悩みながら、他のアプリ――『ショッピング』や『レシピ』の**【Lvを上げますか？　はい／いいえ】**、それに二つある黒塗りの『[redacted]』を押してみる。

すると、『ショッピング』と『レシピ』の二つをLv2にするのも、それぞれ二十万ポイントが必要だと表示された。

『[redacted]』のアプリは、まず先にロックを解除する必要があり、それには自身のレベルが20以上ないとダメらしい。

ちなみに、ロック解除にもどちらも五万ポイントが必要だそうだ。

そうなってくると、優先順位がどちらが上かで決めるしかない。

『ショッピング』は、普通に生活している分には、高い買い物が必要になることはほどんどない。

『レシピ』だって、表示されている膨大なメニューを全て作りきったわけじゃないし。

となると、『情報』だろうか。

僕はもう一度『情報』を開き、**【Lvを上げますか？　はい／いいえ】**の『はい』を押した。


**【※『情報　Lv2』にするには、200000ポイントが必要になります】**

震える指先で『同意』というボタンを押す。

ゲームの課金でも、一度にこんな金額をつぎ込んだことはないんだけど。

画面上から、二十万ポイントが一瞬にして消え去ったと同時に、時計マークが浮かび上がる。

時計マークはすぐに消えて、『Lv１』が『Lv２』へと変わる。

大金＝大量ポイントをつぎ込んで得た『情報　Lv２』だけど……

さてさて、どう変わっているのやら。

恐る恐る、レベルアップした『情報』を開く。

**【ケント・ヤマザキ】　Lv12**

**・種族：人族**
**・性別：男**
**・年齢：16**
**・職業：Bランク冒険者**
**・■■**

**・魔力　：195**
**・体力　：210**
**・攻撃力：530**

**・■■：■■**
**・■■：■■**

パッと見は大きく変わってないけど、今まで見られなかった部分が見えるようになって、新しく見えない部分も更に追加されている。

見えない部分は、また『情報』のレベルを上げないと表示されないんだろうな。

「ふ〜ん。こうして見ると、ゲームのステータス画面っぽい感じになったな」

ただ、比較対象がないから自分の魔力や体力などが、高いのか低いのかも分からないけど。

「これって、人物だけしか分からないのかな？」

『情報』を一度閉じて『カメラ』を開き、部屋中のものや、夜食用のテーブルの上に置いていた柚子と生姜の蜂蜜漬けを撮ってみる。

それから『情報』を開けば、新しく**【人物／食／装備】**という項目が出てきた。

『人物』は、今までと変わらない、僕の顔写真付きの情報だ。

次に『食』を選ぶと、さっき撮った柚子と生姜の蜂蜜漬けの写真があったのでタップする。


**【柚子と生姜の蜂蜜漬け】**
**・原材料名　：蜂蜜、生姜、異世界の柚子**
**・内容量　　：15g**
**・保存方法　：直射日光を避け、常温で保存**
**・製造者　　：山崎健斗**
**・効果表示　：風邪予防、喉の痛み緩和、解毒＋2、魔力安定＋10**

**・効果持続時間：使用開始から十五分間**

お、思ってたより詳しく出たよ。

この『異世界』ってのは地球のことだよな。確かにこの世界から見たら、地球は異世界か。

次に『装備』はどうだろうと開いてみる。


**【武器屋で購入した短剣】**
**・特徴　：ただの短剣。異世界の布で磨かれている。異世界の錆止《さびど》めを塗られている。**
**・効果表示　：クリティカルヒット＋8、攻撃力＋10**

こちらも『食』と同じく、写真があって、タップすると詳細が表示された。

これはかなり便利だなと思っていたら、タブレットの画面にお知らせマークが出た。

何だろうと思いながらマークに触れると、画面が開く。


**【お知らせ。『ショッピング』で買ったものをこちらの世界のものと一緒に使ったり調理したりすると、魔力や攻撃力といったパラメータが上がります】**

**【※単品の場合は効果はありません。その他にも色々な効果が付く場合があります。『ショッピング』のレベルが上がると、効果も更に上がります】**

**【どんどんレベルを上げて、強くなろう！】**


そのお知らせを見た僕は、あることに気付いた。

前にいた龍の息吹の皆がどんどん強くなった原因が、もしかしたら僕にあったんじゃないかと。

確かに、『ショッピング』で買ったもので彼らの防具や武器を磨き、裁縫道具を使って服を繕っていた。そのため、一時的に体力や魔力、それに攻撃力が底上げされたのかもしれない。

といっても、『ショッピング』のレベルは低いし、効果は微々たるものだったんだろう。それでも少しずつ能力は上がっていたんだろうな。

なるほどね〜と頷きながら、これは色々と使えるかもしれないと思った。

というわけで、タブレットで様々な実験をしようと思います。

まず、暁の皆を『カメラ』でこっそり撮影して、街に出て子供から老人、それにギルドにいる人も撮る。

次に、街で売られている服や食べ物、武器や防具などを撮る。

ある程度撮り終わったら、自分の部屋へ戻って、椅子に座りながらタブレットの『情報』を開く。

まず、『人物』を見てみよう。

**【フェリス・ネリ】　Lv■■**
**・種族：エルフ族　　・魔力：■■　　・■■：■■**
**・性別：女　　　　　・体力：■■　　・■■：■■**
**・年齢：■■　　　　・攻撃力：■■**
**・職業：魔法薬師、■■**
**・■■**
**・■■**

えーっと？

フェリスさんの情報は、名前と種族と性別、職業の一部しか分からない。

どうなってるんだ？

首を傾げつつ、『■■』表示を押してみると、『現在のレベルでは表示出来ません』と出た。

気を取り直して、他の人達の情報も見てみると。

【ラグラー・■■】　Lv■■
・種族：人族　　・魔力　：■■　　・■■：■■
・性別：男　　　・体力　：■■　　・■■：■■
・年齢：21　　　・攻撃力：■■
・職業：Bランク冒険者、■■、■■
・■■

【ケルヴィン・ロークス】　Lv■■
・種族：人族　　・魔力　：■■　　・■■：■■
・性別：男　　　・体力　：■■　　・■■：■■
・年齢：22　　　・攻撃力：■■
・職業：Bランク冒険者、■■、■■
・■■

【グレイシス・シャム】　Lv■■
・種族：■■　　・魔力　：■■　　・■■：■■

・性別：女　　　　　　・体力　：■■　　　　・■■　：■■
・年齢：21　　　　　　・攻撃力：■■
・職業：Bランク冒険者、魔法薬師、■■、■■
・■■

【クルゥ・ファルグレイスタ】Lv25
・種族：人族　　　　　・魔力　：■■　　　　・■■　：■■
・性別：男　　　　　　・体力　：280　　　　・■■　：■■
・年齢：16　　　　　　・攻撃力：■■
・職業：Bランク冒険者、■■
・■■

何ていうか、見られる箇所と見られない箇所が人によって違うな。

どうしてかは分からないけど、先程表示されたメッセージの通り、『情報』のレベルを上げると見られるのだろう。

続いて、街の人達を調べてみると、だいたいがLv3～9ほどで、街を護っている警ら隊の人は

Lv15~35辺りという感じだ。稀《まれ》に『■■』表示で見られない人もいるな。

ギルドでたむろしている人達は、基本Bランクが多いので20~35辺りの人がほとんどだ。

中には、種族や職業の部分で、あまり聞いたことがないような名称の情報を持つ人が何人かいた。

そういう人は見えない箇所も多かったし、レベルも高そうだった。

たぶん、BランクでもAランクに近い人なのかもしれない。

実力はA以上あるのに、昇級試験を受けずにBランクに留まっている人もいるって話だもんな。

そうそう、『情報』を見ていて驚いたことがある。

それは、ギルドの受付をしている人達のレベルが全員黒塗りになっていて見られなかったことだ。

頼りなさそうなひょろっと男子も、元《げん》気《き》溌剌《はつらつ》なお姉さんも、やる気がなさそうなオッサンも全員。

もしかしたら、隠蔽《いんぺい》か何か出来るアイテムでもあるのかな?

そう考えていると、タブレットに**【初めてアプリのレベルを上げた記念に、『デイリーボーナス』のアプリをプレゼント!】**と表示される。


**【『デイリーボーナス』――一日一回、『ポイント50000』『魔力5』『体力5』『攻撃力5』『速度5』『運5』のうち、どれか一つを手に入れよう!】**

**【※当日中に何も選ばない場合は失効してしまいますので、ご注意ください】**

なんか、スゲェーいいものが出てきたんですけど⁉

よく見たら、『情報』には載っていない『速度』や『運』なんてものもある。

もしかしたら、『■■』表示になっていてまだ見られないステータスなのかもしれない。

早速今から一つ選ぶことが出来るらしいんだけど……何にしよう？

見られないステータスはどれほどの数字なのかも分からないから、今見えているもので一番数字が低いステータスに振り分けてみよっかなぁ～。

と、いうことで。『魔力5』をタップする。

**【ケント・ヤマザキ】　Lv12**

**・種族：人族　・魔力　：200　・■■：■■**
**・性別：男　・体力　：210　・■■：■■**
**・年齢：16　・攻撃力：530**
**・職業：Bランク冒険者**
**・■■**

おぉ！　本当に魔力が１９５から２００になってる！

ホーム画面に戻ると、『デイリーボーナス』のアイコンの上に時計マークが現れ、明日の二十四時まで使えないと表示される。

「いや、マジでこれは凄いアプリなんじゃないか？」

ポイントなんて、依頼を受けなくても一日五万も貰えるのだ、嬉しい限りである。

ステータスの方は特別急いで上げなくても、依頼をこなすには十分だ。

そうなると『ポイント』を多めに取って、たまに『体力』や『速度』なんかのステータスにも振り分けたらいいんじゃないか？

それで、今は使えるアプリのレベルを上げつつ、新しいアプリを起動出来るようにした方がいいかもしれない。

「あ……そういえば、次は一体どのくらいポイントが必要なんだろう？」

ちょっと気になって、『情報』のレベルを３に上げるにはどれほどの金額がかかるのかと、画面を押してみたら――


**【※Lvを上げるには５６００００ポイントが必要になります】**

あれ？　見間違いかな？

ゴシゴシと目を擦って見ても、変わらない数字。

「ほぇー……うん、やっぱりこれは『ポイント』を多めに取っていこう」

一気に金額《ポイント》が跳ね上がったのを見た僕は、そっと画面を閉じたのだった。

## 骨魚《こつぎょ》

本日も、僕の仕事は冷蔵庫を開けるところから始まる。

「ん～、何を食べようかな」

今日は朝からガッツリ食べたい気分じゃない。

皆は、出されたものは文句も言わずに、全て美味しいと言って完食してくれるし、メニュー内容も全て任せてくれるから、助かっているんだけどね。

「あ、そろそろフルーツを使っちゃわないとダメだな」

冷蔵庫の中に入れていた、イチゴやブルーベリーのような果物を取り出す。

「その他は……ん～……後はもう買っちゃうか」

『ショッピング』でグラノーラを四袋と、大きめのヨーグルトも四つ購入する。

魔法陣から出てきたものを手に取り、まずは食器棚から取り出した人数分の皿にヨーグルトとグラノーラを入れる。

次にまな板の上でカットしたフルーツを、綺麗に見えるように盛り付けてから各々の席の前へ置く。

残ったグラノーラとヨーグルト、それにフルーツは、ガラスボウルや小皿に入れて、テーブルへ置いた。

お代わりはご自由にどうぞ、ってことで。

もう一度台所に戻り、蜂蜜や作り置きしていた数種類のジャムも持ってテーブルに出してから——息を大きく吸い込む。

「朝食の準備が出来ましたよー！」

この掛け声で皆が部屋から出てきて、賑やかな朝食が始まった。

本日も綺麗に完食された朝食に満足しつつ、食器を洗い終えた後、知り合いの所に遊びに行くと言うフェリスさんに、お土産《みやげ》のお菓子を持たせ、ダンジョンへ行くラグラーさんには昼用のお弁当を渡す。

エステに行くグレイシスさんと、図書館に行くクルゥ君とケルヴィンさんを玄関で手を振りながら見送り、僕は家の中に戻った。

なにせ今日も一日、何も予定を入れていないオフ日なのだ！

ウキウキしながら台所に行き、コップを持って自分の部屋へ直行。

部屋に入ってから、小さな丸テーブルを片手で引《ひ》き摺《ず》ってベッドの近くへ寄せる。

その上にコップを置いてから、靴を脱いでベッドに上がって胡坐《あぐら》をかき、タブレットを手に持つ。

「まだちょっとお金に余裕があるし……ポテチでも買いましょうか！」

なんて言ったたって、『デイリーボーナス』で今日も五万ポイントを選んだからね。

『ショッピング』でポテチを買ったついでに、柑橘《かんきつ》系の炭酸飲料と氷も買う。

魔法陣から出てきたものは、せっかくなので写真を撮っておく。

500ミリリットルのペットボトルのキャップを開けて、氷を入れたコップに注ぐ。

シュワーッという音を立てながら、パチパチと泡立つジュース。口の中と喉を通り過ぎる爽快《そうかい》感を想像すると、早く飲みたくてしょうがない。

でも、まず初めにポテチの袋を開け、中から数枚取り出して一気に口の中に入れる。

もしゃもしゃ食べながら、炭酸飲料を一気飲み。

「ごっ、ごく、ごく、ごく……っくぅぅぅ！　うめぇーっ！」

久々に味わう、口の中や喉を通った時の刺激に感動する。

こちらの世界にも炭酸飲料はあったんだけど、やっぱり元の世界のものより遥《はる》かに劣る。

何て言うの？　炭酸が抜けきる二歩手前っぽい感じ。

飲めなくはないんだけど、刺激が物足りないんだよね。

無心になってポテチとジュースを食べたり飲んだりしていたら、速攻で完食。

美味しかった～。

余韻《よいん》を味わいつつ粉が付いた指先を舐め、膝の上に置いておいたタブレットに触れて、なんとなく『ショッピング』をもう一度開く。

と、そこで、『ショッピング』のアプリの左端に小さなゴミ箱マークがあることに気付いた。

早速、そのゴミ箱マークを押してみる。


**【使い終えた『ポテチ』と『炭酸飲料』の容器を『ゴミ箱』に入れますか？　はい／いいえ】**


するとそんな表示が出てきたので『はい』を押せば、テーブルの上に置いてあった空になったポテチの袋とペットボトルが、出現した魔法陣の中に吸収された。

これは……結構いいものなんじゃなかろうか？

実は、今まで『ショッピング』で買ったものの袋や容器は、庭でドラム缶のようなもので生ゴミを燃やす時に、一緒に処理していた。

もしも今後大きなゴミが出たらどうしていいか分からないと悩んでいたから、本当にこの『ゴミ箱』があって助かるよ。

便利な機能を発見していい気分に浸《ひた》りながら、そのまま『情報』を開き、『食』の項目を押して『カメラ』で撮ったものを見ていく。

一番上には、食べる前に撮ったポテチと飲み物の情報が載っていた。


**【異世界のポテチ】**
**・原材料名：異世界のジャガイモ（遺伝子組み換えでない）、異世界の植物油**
**異世界の調味料（アミノ酸など）、異世界の食塩**
**・内容量　：60g**
**・保存方法：直射日光、高温多湿の所での保存は避けてください**
**・製造者　：じゃがじゃが製菓**
**・効果表示：特になし**

【異世界の炭酸飲料】
・原材料名：異世界の糖類（果糖ぶどう糖液糖、砂糖）、炭酸、香料、酸味料
・内容量　：４５０ミリリットル
・保存方法：直射日光をさけて保存してください
・製造者　：しゅわしゅわ株式会社
・効果表示：特になし

腕を組みながら『情報』を見ていた僕は、う～ん、と唸る。

ここ最近、色々なものを『カメラ』で撮っては、『情報』を使って見比べていた。

タブレットのお知らせにも書いてあったように、異世界のものと、こちらのものを組み合わせた時だけ相乗効果が出るというのは本当らしい。

だから、地球《地球》のものだけを使ったり食べたりしても、効果はないみたいだ。

やっぱり何らかの効果を付けたいのなら、地球のものとこちらの世界のものを組み合わせて使う必要があるだろう。

「……そうなるとですよ？」

欲しいものを自由に買えるように、『デイリーボーナス』以外でもじゃんじゃんお金を稼がな

きゃならん！


と、いうことで！

翌日、僕はクルゥ君と一緒にギルドへとやってきた。

タブレットのアプリをもっと使えるようにするには、お金を貯めなきゃならない。

というわけでフェリスさんに相談した。

すると、まだ一人でBランク依頼を受けるのは危険だろうからと、しばらくはクルゥ君と一緒に行動するよう勧められたのだ。

そんなわけで、クルゥ君と一緒に、暁として依頼を受けることになった。

「……ケント、これがいいんじゃないかな？」

そのクルゥ君がボードから剥がした依頼書を僕に見せながら、どう？　と聞いてくるので確認する。

**Bランク依頼**
**《素材の収集（骨魚十七匹ほど）　一匹につき１４７００レン》（依頼者　『ゲゴルガの薬屋』）**
**※本日中までに収集出来なければ、違約金が発生します。**

「一四一万四千七百レンね。でも違約金が発生するのか……クルゥ君、骨魚って強いの？」

「あんまり強いわけじゃないけど、敵を見付けると凄い速さで噛み付いてくるんだ。いろんな所を泳いでるから少し見付けにくいって言われてるけど、このくらいの数なら大丈夫」

「そっか、じゃあこれを受けよう」

依頼書を持って受付窓口へと行き、受理してもらう。

こうした難しくなさそうな討伐依頼や収集依頼を受けて、徐々に慣れていき、やがてはパーティ全員で依頼を受けられるようになるのが目的だ。

美味しいご飯を食べるため、よりよい生活にしていくために、頑張るぞぉー！


ダンジョンに向かって歩きながら、クルゥ君と依頼の確認をする。

今回の依頼は、骨魚が十七匹だ。

クルゥ君にどんなものなのかと聞けば、空を飛ぶ骨の魚だって。

「え、魚の骨が空を飛んでるの⁉」

「ふふ、見れば分かるよ」

そんな馬鹿なと驚く僕に、クルゥ君がそう言う。

全然想像出来ないや。

「あ、そういえば……クルゥ君ってどんな武器を使ってるの？」

「ボク？　ボクは両手剣だよ」

「へぇ～そうなの？　両手剣なんてカッコイイね！」

「……そ、そう？　えへへ」

クルゥ君はマスク越しに照れたように笑う。

そんなクルゥ君は今、僕が作った溶けにくい小さな飴を舐めながら小声で話している。

やっぱり、飴＋咳止め魔法薬をスプレーしたマスクをして小声で話すくらいなら、外でも問題ないみたい。

それと、僕もクルゥ君の声に慣れてきたのかもしれないな。

そうして男同士武器の話で盛り上がるうち、街から少し離れた場所にあるダンジョンへと到着した。

僕達がやってきたのは、初級ダンジョン【風の谷】の中層に位置する草原。

ダンジョン名にふさわしく、かなり強い風が吹いている。

そんな草原の空中を気持ちよさそうにスイスイと泳ぐのは、食後に残る骨だけの――魚。

「おぉぉ！　本当に魚の骨が空を泳いでる」

地上から二〜二・五メートルほどの高さを、尾ひれの部分を動かし、海の中を泳ぐように移動している。

葉羽蛇の時もそうだけど、こういうのを見ると、本当にここは異世界なんだなぁ〜と思う。

ポカンと口を開けながら骨魚の集団を見ている僕に、クルゥ君が説明してくれた。

「骨魚の倒し方は、頭を胴体から切り離せばいいだけ。骨はそんなに頑丈じゃないし、上手く当たれば一撃で倒せるよ。でも、泳ぐスピードが早いから、齧られないように気を付けて」

それから僕とクルゥ君は各々の武器を手に持ち、骨魚の群れへと突っ込む。

僕達を察知した骨魚達は泳ぐのをやめると、体を動かして顔をこちらへ向ける。

眼窩《がんか》の奥は、底なし沼のように真っ黒だ。

そして一匹、二匹と僕達の周りを取り囲むようにぐるぐる回り——襲ってきた！

いざ戦闘となると、さっきまでとは打って変わって素早くなる骨魚達。

手や足首など、服に隠れていない部分を狙ってくる敵に、僕とクルゥ君は背中合わせになって武器を振るう。

確かに動くスピードは速いし、数が多いから倒すのはかなり面倒くさい。

それに、思っていたよりも歯が鋭《するど》く尖っていて、噛まれずとも歯が掠《かす》っただけで皮膚《ひふ》が切れて血が滲《にじ》む。

自分一人だけだったら、確実に依頼は失敗に終わっていただろう。

そう思いながら、右上から骨魚が口を開いて襲いかかってくるのを剣で薙ぎ払った時、クルゥ君がマスクに指先を引っ掛けたのが見えた。

その瞬間、僕は咄嗟《とっさ》に両耳の穴に人差し指を突っ込む。

「止まれっ！」

クルゥ君が大きな声で叫んだ瞬間、骨魚の動きがピタッと止まり、次にボタボタと地面へと落下する。

実はダンジョンに到着する前に、もしも骨魚の数が多くて倒すのに時間がかかりそうなら、クルゥ君の魔声で動きを一時的に止めて、その隙に倒そうと話し合っていたのだ。

クルゥ君がマスクに指を掛けたのを合図に、僕は耳を塞《ふさ》いで声を聞かないようにする作戦だ。

マスクを口元へと戻したクルゥ君を見た僕は、耳から指を外して剣を持ち直す。そして、陸に打ち上げられた魚のごとくピクピクと動いている骨魚に、先程より簡単に止《とど》めを刺《さ》していった。

——それから何度か場所を移し、あっという間に依頼数である十七匹の骨魚の素材を収集することが出来た。

クルゥ君の声があると本当に手早く倒せて助かるけど、結構体力を使うみたいで、連発は出来ない。

これから二人で一緒に依頼を受けていくなら、戦い方を色々考えなくちゃならないな。

革袋に依頼分の最後の一匹の骨魚を入れながらそう思っていると、肩をツンツンされる。

何？　とクルゥ君の方へ振り向けば、とてもいい笑みを浮かべている。

「これ……食べられるかな？」

骨魚を持ったクルゥ君に、僕は骨まで食いたいのかと突っ込みそうになったけど、そこはグッと我慢する。

「……食べられると思うよ？」

後でレシピを見てみようと思いながらそう答えると、クルゥ君は嬉しそうな表情で、もう一つの革袋に自分達が食べる分の骨魚を入れていくのであった。


ギルドへ戻り、クルゥ君が受付で完了報告をしている最中、他にどんな依頼があるのか見ておこうかと、ボードへと足を向ける。

「何があるかな～……って、何か人が減った？」

朝は結構賑わっていたのに、午後はあまり人がいないようだと見回していたのだが、ボードを見て納得する。

依頼の件数が一気に少なくなっているからだ。

朝まではビッシリと紙がボードに貼られていたのに……

ボードに貼られている依頼のほとんどがDかCランクで、Bランク以上の依頼があまり貼り出されていない。特に討伐系の依頼が全くないのを不思議に思っていると、クルゥ君が戻ってきた。

「お待たせ」

「ううん。それじゃあ、帰ろうか」

「そうだね」

ギルドを出て外を歩いている最中、僕はさっきのことを聞いてみた。

「あのさ、朝は依頼が沢山あったのに、今見たら依頼件数がかなり減っていたんだけど……何でだろう？」

「あぁ、それは数か月に一度の『眠りの時』が来たからだと思うよ」

「『眠りの時』？」

それは、ダンジョンなどに棲息《せいそく》する魔獣が、一斉にどこかへと消える現象なのだという。

弱いも強いも関係なく、どこを探しても魔獣を見付けることが出来なくなるんだとか。

「魔獣がどこへ消えるのか、分かってないの？」

「それが、まだ解明されていないんだ。もしも解明出来たら、これまで世界中で四人しか認められていない『賢者《けんじゃ》』の称号を贈ると、各国の王が通達するくらいだよ」

「賢者……へ～。それで、魔獣討伐とかの依頼がなかったんだね。でも、どうしてギルドではその『眠りの時』が始まったって分かったんだろう？」

「あぁ、始まった瞬間、ダンジョン内にある魔草が全て萎《しお》れるから一目瞭然《いちもくりょうぜん》なんだ」

「萎れる……枯《か》れるんじゃないから、また復活するってこと？」

「そう。『眠りの時』が終われば、元の状態に戻るよ。その時はまた魔獣も出てくるから、依頼書が大量に貼り付けられるだろうね」

「へ～、そうなんだ。それじゃあ、今日の僕達はタイミングがよかったんだね」

「うん、たぶんボク達がダンジョンから出た後に、始まったんだと思うよ」

『眠りの時』や『賢者』――また新たな知識を頭の中にメモしつつ、お腹を空かせた僕達は家へと帰っていくのであった。


家に着いた僕達は、フェリスさんの部屋に行って今の仕事を報告する。何の依頼を受けどんな魔獣とどう戦ったのかを伝えるのだ。そしてその後、報酬を渡す。

暁の正メンバーの給与形態は少し特殊だ。

依頼で報酬を得た場合、一度フェリスさんに渡す。そして月末に、その依頼報酬や魔法薬の売り上げの合計を割って、各々に分配されるのだ。あ、ちなみに、依頼とは別に自分で回収しておいた素材の売り上げは、自分のものになる。

もちろん、それぞれの働きによってその金額——お給料は違う。

依頼をバンバン取って報酬金を得るほど、お金が多く貰えるし、フェリスさんやグレイシスさんのように魔法薬が作れるなら、別枠で手当が貰えるんだ。

僕の場合は、家の中の掃除や洗濯、それに炊事など全て任されているから、その手当もある。

先週、ちょうど月末で給料日だったんだけど……三十万レンだった。

ただ、家の中のことをやって、料理を作って、ちょこっとギルドの依頼をこなしただけの、十六歳の子供の給料が三十万。

凄く驚愕したことは、記憶に新しい。

フェリスさんの部屋から出た僕達は、お疲れ様〜と声をかけ合ってから自分達の部屋へと戻る。


それからシャワーを浴びて新しい服に着替えた僕は、夕食の準備をする為に腰にエプロンを巻いて台所に立っていた。

「さてさて、本日は何を食べようかな〜っと」

冷蔵庫の中を開けると、前フェリスさんがダンジョンで獲ってきた魚がまだ残っていたから、まずはそれを使ってしまおう。

後は、ジャガイモがいっぱいあるので、ポテサラにして……気分的に厚揚げ料理が食べたいから『ショッピング』で厚揚げを購入しておく。

「そんじゃ、始めますかね」

調理台の上にタブレットを置いて、『レシピ』を見ながら調理を開始する。

魚は、前にさばいてあったので、まずは水気を取る。

次に『ショッピング』で買い足しておいた酒と醤油、それからすりおろした生姜を浅い容器の中に入れて混ぜ合わせ、魚を漬け置く。

その間に、ジャガイモの皮に付いている土を水でよく洗って落としてから、皮のまま鍋に入れる。

そしてジャガイモが少し隠れるくらいのお水を注ぎ火にかけた。

茹《ゆ》でている間に、冷蔵庫から取り出したキュウリを薄くスライスし、ハムに似たお肉も小さくカット。厚揚げも食べやすい大きさに切り分けておく。

「そろそろ、ジャガイモは茹で上がったかな～？」

竹串のようなものを鍋の中のジャガイモに刺すと、いい感じにスッと中まで通った。

アツアツのうちに皮を剥いたジャガイモを、ガラスボウルの中で潰《つぶ》す。

その中に先程切っておいたハムとキュウリを入れ、塩胡椒と少量の砂糖、そしてマヨネーズを入れてかき混ぜる。

実はキュウリは塩もみをした場合としない場合で食感などが変わるらしいのだが、今回はシャキシャキとした食感を味わいたいから、塩もみせずに入れている。

しばらく混ぜれば、ポテサラの完成だ。

次に厚揚げに取りかかる。

フライパンにバターを入れて溶かし、そこへ切った厚揚げを投入。バターをまんべんなく厚揚げにしみ込ませ、そこに醤油を垂らしてかき混ぜたら終了。超時短レシピである。

とはいえそれだけだと彩《いろどり》が悪いから、庭の隅っこにグレイシスさんが植えていた万能ネギっぽい植物を取ってきて、細かく刻んで載せておく。

最後に魚料理だ。

漬けておいた魚をバットから取り出し、水気を取って片栗粉《かたくりこ》をまぶす。皮の方から焼いていき、身が崩れないように気を付けながらひっくり返す。

焼き上がったらお皿に盛り付けて、出来上がり。

タブレットの時計を見ると、いつもの夕食時間より少し早いけど……

あ、そういえば今日ダンジョンで倒した骨魚を食べられるか調べようと思ってたんだ。

『レシピ』で検索すると、骨だけど意外にも食べる方法があった。

「骨魚チップスか〜。うまそっ！」

レシピに書いてあるカリッと香ばしいという言葉に魅了されてしまった。

『ショッピング』でごま油を買い、小さな鍋に入れて火にかける。

骨魚の頭と尾骨を取り、少し大きいのでちょうどいい大きさに中骨をカットして、水分がなくなってカリッとするまで揚げていく。

揚げ終えた中骨に塩胡椒を軽く振ったら、カリカリおつまみの出来上がりである。

出来上がったものを摘んで口の中に入れると、ごま油の風味とカリッとした食感が口の中一杯に広がる。

動いている時の見た目はシュールだが、チップスにすると最高の食べ物になると分かったので、今度またダンジョンに行ったら獲ってこようと心に決めた。

そんなこんなでちょうどいい時間になったので、帰ってきていた皆に声をかける。

本日の夕食は、僕が作った食べ物の他に、ラグラーさんが街から買って来たナンっぽいパンもあった。

ナンよりも少し厚くもっちりしているが、意外に本日の夕食と相性がよかった。

皆、胃袋がブラックホールですか？　と言いたくなるくらい、気持ちいいほどの食べっぷりです。

ちなみに、フェリスさん達が寝る前に酒盛りをすると言うので、骨魚チップスを追加で作ってみたら、酒が素晴らしく進んだらしく……

次の日の朝、二日酔いで屍《しかばね》と化した四人が居間に転がっていた。

## 暁の皆を考察してみた

そんな日常を過ごしていたある日、僕とクルゥ君、それにグレイシスさんの三人で街へとやってきた。

給料日ということで、何か買い物でもしたいよねってクルゥ君と話していたら、グレイシスさんも買い物に行くって言うから、それじゃあ三人で一緒に……という流れになったのだ。

「あなた達、どこか行きたい所はあるの？」

「ボクはどこでもいい。ケントは？」

「ん～……そろそろ服を買い足そうかと思ってたんだよねー」

「じゃあ、ボクのお勧めのお店があるから、そこへ行こうよ！」

「ほんと？　グレイシスさんはどうしますか？」

「私は化粧品を買いに行きたいから、別行動しましょ？　そうね……一時間後にここに集合で」

「分かりました」

噴水広場に着いてから二手に分かれ、お互いが行きたい場所へ足を運ぶ。

クルゥ君はよくケルヴィンさんと一緒に街に来るから、ちょっぴり詳しいらしい。

僕もこの世界に来てそれなりに経つけど、クルゥ君の教えてくれる情報は知らないものばかりだった。

街の裏情報を説明してくれるクルゥ君の隣を歩きながら、僕は考え込んでいた。

クルゥ君――ううん、暁の皆って、一体何者なんだろう。

僕だって皆に何も言ってないけど、それにしたって謎が多いのだ。

パーティリーダーであるフェリスさんの戦っている姿を見たことはないけど、ラグラーさん曰《いわ》く、魔法の知識は誰よりも凄いらしい。

気配り、目配り、心配りが出来る、プロポーションも抜群な美人エルフである。

しかし、片付けと掃除と料理が壊滅的に出来ない。

普段はお友達（女性らしい）の所に出掛けているが、男の気配がないのを見るに……彼氏はいないだろう。

グレイシスさんは、治癒魔法が得意。

その魔法を生かし、手作りの魔法薬を街の薬屋に卸している。

魔法薬はフェリスさんも作っているみたいだけど、グレイシスさんの方が品質の良いものを作れるらしく、高額で取引されているとのこと。

元の世界で言う夜のお姉様みたいに扇情的な服を好んで着て、ボディータッチも多く、近付けばいつもいい匂いがする。

絶対、熱狂的なファンがいるはずなんだけど、こちらも男の影は見当たらない。

ラグラーさんは、見た目はチャラ男っぽいが、意外と面倒見がいい。

僕やクルゥ君の剣の稽古をしてくれるし、分からないことを聞けば、詳しく丁寧に教えてくれる。

頼れる兄貴って感じだから、小さな頃は下町のガキ大将だったんじゃなかろうか？

特定の彼女は作っていないが、そこそこ遊び歩いている。

ケルヴィンさんはパッと見は寡黙《かもく》な印象だけど、意外とよく喋る……まぁ、無駄な話はしないけど。

そしてラグラーさんと一緒で、分からないことがあれば何でも教えてくれる。

戦いに関して言えば、暁の中で一番強いようで、ラグラーさんでも、剣術だけは勝てないと言っていた。

ビシッと立つ姿や剣を構える姿、その他にもいろんな場面でケルヴィンさんを見ていると、軍人……というか騎士《きし》みたいだ。

まぁ、本当の騎士なら、二日酔いで死にそうな顔をして地面に転がってはいないだろうけど。

クルゥ君は、強力な魔声を持っている。

今では小声で皆と会話を交わす程度なら出来るようになっていて、その声は優しく、柔らかい。

眼鏡と髪で隠れている顔も、よく見れば整っているし、白い肌に細い手首や指先を見ていると、貴族のご子息か王子様みたいだ。

そんな想像をしながらクルゥ君と一緒に服や雑貨などを買っていたら、時間はあっという間に過ぎていた。


買い物を終えた僕達が集合場所へ行くと、まだグレイシスさんは来ていないみたいだった。

広場に設置されている時計を見たら、まだ少し時間に余裕があった。

「……なんか喉が渇いたかも」

「ずっと歩きっぱなしだったからね。屋台で何か買う？」

「うん、そうしよっか」

荷物を持ち直し、噴水広場から少し離れた場所に出ている屋台へと行く。

屋台には、飲み物以外にも沢山のものが売られていて、食べ物系の店からは凄くいい匂いが漂ってきている。

しかしなぜか、匂いはいいのに全然美味しくないものがほとんどなのだ。

ただ、飲み物……主に果物系のものに関しては比較的ハズレが少ないので、時々買っていた。

「ここにする？」

「お、悪くないね」

リンゴジュースを売っている店を見付け、そこで購入することにした。

お金を払って飲み物を受け取ってから、一度クルゥ君にコップを渡す。

なぜかというと、クルゥ君に魔法でコップを冷やしてもらっているのだ。

屋台で出る飲み物は、基本的にぬるい。

冷たいものを飲むには、店ごとに設定された別料金を払って、魔法で冷やしてもらう必要がある。

クルゥ君みたいに魔法を使える人は、自分で冷やした方が安上がりだ。

「はい、どうぞ」

「ありがとう」

冷たくなったジュースを受け取り、口に含む。

ごくごくごく……あぁ～、生き返るぅ～。

半分まで一気に飲み干して、残りは集合場所で飲むことにしよう。

それにしても、昼を過ぎたからか、人通りが多くなってきたな。

「もうグレイシスさん来てるかな？」

「どうだろう？　グレイシスの買い物は長いからヤダって、前にラグラーが言ってたけど」

「へ～。でも、女性ならいろんな物を見たいだろうから、遅くなっちゃうのは……まぁ、しょうがない」

「だね。あ、そういえばさ――」

そんなたわいもない話をしながら歩いていたら、前から歩いて来た女の子とぶつかってしまった。

「ちょっ！　痛いわねっ！」

僕は女の子に慌てて謝りながら、手に持っていたジュースを相手にかけなくてよかったと思っていたのだが、次に聞こえてきた声に体が固まってしまった。

「あれ？　お前もしかして……ケントか？」

声の方――ぶつかった女の子の横に目を向けると、そこには僕が以前在籍していたパーティ、龍の息吹の副リーダーが立っていた。

「……カオツさん」

この人は、龍の息吹のリーダーとは違い、戦闘が出来ない僕を『お荷物君』と呼んで陰で馬鹿にしていた人である。

「ケント、知り合い？」

驚いて立ち竦む僕を見て、心配した様子でクルゥ君に聞かれた。

「え？　……あぁ、うん。前にいた龍の息吹の副リーダーだよ」

そう答えたのだが、僕の困惑した表情や、カオツさんの僕を見る目が嘲笑するようなものだと気付いたクルゥ君の表情が、瞬時に険しいものへと変わる。

すかさず小声で、「リーダーや他の数人は凄く優しかったんだよ」とフォローしたのだが、目の前のカオツさんからは僕のことを馬鹿にした空気がありありと出ている。そのせいで、クルゥ君の纏う雰囲気が更に冷たくなった。

スッと、僕とカオツさんの間に入るように立ったクルゥ君を見て、カオツさんは顔を歪めた。

「なんだよケント。お前、こんな女みたいな奴に護られてんのか？　ククッ、だからお前はいつまで経っても弱っちぃ野郎なんだよ」

カオツさんはそう言うと、僕とぶつかった女の子の肩を抱きながら話し続ける。

「お前が俺らのパーティから出た後に入った子だ。まだCランクとはいえ、剣術も上手いし、治癒の魔法だって扱えるんだぜ？　ダンジョンにだってついてこれるからな、お前よりよっぽど役に立つぜ」

「あぁ～。もしかして、この男の子が噂《うわさ》で聞いた『使えない雑用係君』ですか？　カオツさん」

「ああ。俺達の服を洗って、寝床をそこそこ綺麗に整えて、武器と防具を磨くしか能がない奴なんだよ」

クスクス笑う女の子にカオツさんがそう教え、二人で僕を馬鹿にするように笑い合う。

そんな二人を見ながら、僕の心はなぜか凪《な》いでいた。

なぜなら、〝カオツさんが知っている僕〟と〝今の僕〟は違うから。

確かに、龍の息吹にいた頃の僕は、剣なんて持ったこともないような弱っちぃ奴だった。

だからこそ、皆の足を引っ張る存在になるくらいならと思って、龍の息吹から出る決意をしたのだ。

でも、〝今の僕〟はあの頃とは違う。

僕の悪口をべらべら喋り続けるカオツさんに苛立《いらだ》ったのか、クルゥ君がマスクに指を掛け、足を一歩踏み出した瞬間――

「フフフ。弱い犬ほどよく吠えるって言うのは、本当なのね」

ふわり、と背後から現れた細くて長い腕が僕の両肩を囲うように抱き締めると同時に、後頭部にふわふわな物体が押し付けられた。

険しい表情から一転、マスクを元の位置へと戻し、静かに一歩下がるクルゥ君。

何かを恐れるかのように、すぅ……っと視線を斜め下に下げたのを、僕は見逃さなかった。

そのふわふわな物体の持ち主――グレイシスさんが僕を抱き締めながら、カオツさんを見て嘲笑する。

「本当に嫌ねぇ〜、他人を罵《ののし》るしか能のない男は」

「……何だと」

「快適に過ごせるように部屋を綺麗に整えてくれる。武器や防具を磨いてくれる。掃除洗濯をして、美味しい料理をたぁ〜っくさん作ってくれる……これだけのことをしてくれたら、感謝の気持ちしか湧《わ》かないでしょ、普通は。それを何？　それしか能がない？　聞いて呆れるわ」

グレイシスさんは片腕を僕の肩から外すと、そのまま僕の頭をなでなでと撫でながら、あら？と声を上げる。

「……アンタ、どこかで見たことがある顔ね」

「あぁ？　俺はお前のような女は見たことが――」

「あっ、思い出した！　アンタ、あの時の!!」

カオツさんに人差し指を突き付けながら、グレイシスさんは叫ぶ。

「弱い魔獣に中級の魔法をぶっ放してた、あのアホパーティの副リーダー!!」

「っ!?」

グレイシスさんの指摘に、顔を盛大に引き攣らせるカオツさん。

そういえば前に、そんなことがあったたって言ってたな。

あのヘマをしたパーティって、龍の息吹だったのか……

僕がいた時はまだBランクパーティだったけど、抜けた後にAランクパーティに上がったんだな、知らなかったよ。

思い出せば、僕が抜ける少し前辺りからAランクに上がる人が増えてたっけ。

僕がそんなことを考えていると、グレイシスさんが僕をギューッと抱き締めるもんだから、思考がパァ〜ッと散ってしまう。

柔らかいのはもちろんのこと、すっごくいい匂いがする。

「アンタ達、ケントのことを何も出来ない子だと思っているようだけど、全然違うんだからね。ケントが暁《ウチ》に入ってから、私達は絶好調だし、それにケントのランクだってCじゃなくてBになっているんだから」

「嘘《うそ》だろ。剣の持ち方も知らなかったケントが、こんな短期間にBランクになっているはずがないだろうが！」

「嘘を言ってどうするのよ。ケントは雑用なんかじゃなく、私達Bランクパーティ暁の立派な一員よ！」

グレイシスさんが胸を張りながらそう言ってくれるのはとてもありがたいのだけれど、胸が……胸が、僕の頭をですねっ！

赤くなって照れている僕の反応をどう思ったのか、カオツさんは苦虫を噛み潰したような表情を浮かべる。そして舌打ちをすると、女の子を連れてそそくさと去っていってしまった。

そんなカオツさんの後ろ姿を見詰めつつ、グレイシスさんが怪しい笑い声を出しながら人差し指をクルリと回す。

すると、指先に灯った光がフワリと空中に浮いて、カオツさんのもとへ飛んでいき、その背中にピトッとへばり付く。

そしてそのまま溶けるように体の中へと消えて行った。

アレは何かの魔法なのかと気になって、近くにいたクルゥ君をチラリと見れば……うぅわ～っと言いたげな顔をしていた。

一体何をしたんだ、グレイシスさん！

怖くて聞けないで固まっている僕の体から手を離したグレイシスさんは、僕の隣に立って、いい笑顔でウインクする。

「ふふん♪　アイツには、毎日足の小指を物にぶつけて悶絶《もんぜつ》する呪《のろ》いをかけておいたわ」

〝呪《まじな》い〟じゃなくて〝呪《のろ》い〟なのか……

めっちゃ地味な呪いだけど、確実にダメージを食らいますね！　しかも毎日ってところが恐ろしい。

さっ、帰ってお昼ご飯でも食べましょ！　と歩き出すグレイシスさんの後を、クルゥ君と一緒に付いて行く。

ご機嫌な感じで前を歩くグレイシスさんを見ながら、クルゥ君が僕の耳元でこそっと教えてくれた。

「グレイシスの呪いって、そんじょそこらの解呪屋《かいじゅや》レベルじゃ太刀打《たちう》ち出来なくて、王宮魔導士クラスの人間じゃないと解けないって聞いたことがあるんだよね……」

王宮……魔導士？　また知らない言葉が出てきたな。

でもクルゥ君の口ぶりからすると、王宮魔導士の強さはギルドで言えばSランク以上なのかもしれない。

グレイシスさん……ホント、あなたも一体何者なんですか。

まぁ、なにはともあれ、グレイシスさんが僕の敵《かたき》を討ってくれたらしいので、お昼ご飯はグレイシスさんの好きなものにしようかな。あと、食後のデザートに、前に作って好評だったレアチーズタルトを出してあげよう。

# フェリスの日記2

■月■日

今日は、とても面白い発見をした。

魔声を持っているせいで、普通に喋れないクルゥ。

もう少し大人になり、魔力が安定すればコントロール出来るんだろうけど、それよりも、家に引き込もって一人本を読むだけの生活をしているのは、よろしくない。

どうしたものかと最近頭を悩ませていたんだけど、なんと！　ケント君が作った飲み物を飲んだら、魔力の暴走が治まり、小声で話せたのだ。

その飲み物とは、『ぽかぽかレモン蜂蜜生姜』である。

何か不思議な魔法を施したのか、それとも魔草を使っているのか。そう思ってグレイシスと一緒に成分を調べたんだけど、ケント君から聞いた通り、蜂蜜と生姜とレモンが使われただけの普通の温かい飲み物だった。

ただ、面白い現象が起こった。

それは、私やグレイシスが同じ材料、同じ手順で作ったとしても、クルゥの魔力の暴走を抑えられなかったということ。

知り合いにも試しに作ってもらったけど、ケント君が作ったものでない限り、効果は発揮されなかった。

これは、色々と調べてみる価値はありそう！

■月■日
クルゥが魔力制御をきちんと出来ているのか確認をする為に、今日はラグラーとケルヴィンとケント君の三人がクルゥの声を聞くことになっていた。

私やグレイシスは耐性があるし、クルゥの声を聞いても何とも思わないから、この三人に決定したのだ。

まずは、ケント君が作った飲み物を飲まず、マスクもしない状態で実験を開始。

実験その1の結果は、ラグラーが鳥肌を立たせて悶絶、ケルヴィンは気分が悪そうに口元を手で押さえ、ケント君に至っては、クルゥの声を聞いたと思ったら一瞬固まり、そのまま意識を失ってしまった。

その2はケント君が作った飲み物を飲んでから実験を行ってみたが……結果はあまりよろ

しくなかった、と書いておく。

■月■日

実験その3。

今回は何も飲まずに、ケント君から渡されたマスクを装着してから、声を出してもらう。

すると、おそらく魅了の力が強く作用したんだろう、三人がクルゥを見て胸をトキメかせていたので、グレイシスが速攻で正気に戻していた……杖で殴って。

普段生真面目なケルヴィンの反応も面白いものだったけど、頭を杖で殴られて痛みを堪える姿は……ちょっぴり申し訳ないけど爆笑してしまった。

たぶん、この時の光景は一生忘れないだろうなー。

■月■日

また少し日を改めてから行った実験その4を終えて、分かったことがある。

それは、クルゥ本人の力では魔力制御がまだ出来ないということだ。

ケント君が作った飲み物を飲んで、口をマスクで覆い、そして小声で話す時だけ、魔力制御が出来るみたいだった。

でも私が施した魔法や、グレイシスが作る魔法薬でも抑えられなかった魔声を、マスクをしてケント君が作った飲み物を飲むと、不思議と抑えられる。

何か、魔法か特殊な力を使っているのかと詮索魔法《せんさくまほう》でケント君を調べてみたが、何も分からなかった。

実はケント君を暁に入れる時にも、軽い気持ちで同じように調べてみた。

その時も気になる情報はなかったんだけど……もしかしたら滅多にいないと言われている、想像したものを作り出すことが出来る特殊魔法が使えるのかもしれない。

でも、神々の寵愛《ちょうあい》を受けているわけでもなさそうだし、上位精霊と契約しているようにも見えない。

考えても謎は深まるばかりだ。

ケント君って、一体何者なんだろう？

## 新しいアプリ

カオツさんとひと悶着《もんちゃく》があった日以降、騒動を聞いたケルヴィンさんとラグラーさんに、僕は扱《しご》かれることになった。

なぜだと突っ込みたかったが、これ以上カオツさんに馬鹿にされないようにと、彼らなりに僕を気遣ってくれたらしい。

その巻き添えを食らったのが、クルゥ君。

お前もついでに強くなれと、僕と一緒に中級ダンジョンの中層の奥に放り込まれのだ。

ごめんよ……

僕達は今までの弱い自分から脱却したかったから、傷だらけになりながらも、お互い協力し合って、戦って戦って戦い続けた。

その頃には、『デイリーボーナス』で取得するのはポイントだけじゃなくて、ステータスも選ぶようになった。

強い魔獣と戦ううちに、攻撃力も必要だけど、逃げ切る速さや体力もかなり重要なのだと気付いたのだ。

『情報』では、相変わらず速度は黒塗りだったからどれほど高くなっているのかは分からなかったが、取得すれば体が軽くなった感じがするし、敵の攻撃も躱せる頻度が高くなった。

まぁ、疲れていたり、後回しにしていたりで、デイリーボーナス自体を取得し忘れたことも多々あったけど……

そうして半年も経つ頃には、気付けば僕のレベルは22になっていた。

自分の部屋でベッドに寝転んでタブレットを眺めながら、自然と鼻歌が出てしまう。

「ふん～、ふふふん～♪」

「ぐふ、ぐふふふふっ！」

そしてついに、変な笑い声が出てしまった。

何を見て笑っているのかと言いますと、それはズバリ！

なんと、後もう少しで、五百万ポイントに届きそうなのである！

短期間でこんな大金が手に入るなんて、少し前の僕には信じられなかっただろうな。

暁の初任給は三十万だったけど、月を追うごとにその金額が上がっている。月によって増減はあるが、多い時だと五十万近い。

ラグラーさんやケルヴィンさんが、僕とクルゥ君の特訓や依頼に付き合ってくれることが増えて、パーティ全体の収入が多くなったというのもある。その結果、僕のお給料もアップしたのは素直に嬉しい。

「……ぃよっと！」

そんなことを思いつつ、足を上げてから思い切り振り下ろし、反動をつけて起き上がってベッドの上で胡坐《あぐら》をかく。

見ていた画面を一度閉じ、タブレット画面にある、今まで薄暗くなっていて、名前が『[redacted]』表示になっていたアプリをタップした。

これは、レベル20以上じゃなければロックが解除出来ないアプリの一つ。

ついに、ロックが解除される時が来たのだ！


**【ロックの解除には50000ポイントが必要です。解除しますか？　はい／いいえ】**


僕が迷わず『はい』を押すと、時計のマークが表示される。

待っている間、もう一つのアプリも一緒にロックを解除しておく。

今の僕にとって、合計十万ポイントくらい痛くも痒《かゆ》くもない！

しかし、気が大きくなり過ぎて散財するのは怖いので、『情報』『ショッピング』『レシピ』のレベルは上げずに、今回はこれだけにとどめておこうと思う。

そうこうしているうちに、時計のマークが消え、テキストが表示された。


**【新しいアプリが使用出来るようになりました】**

**【New！『使役獣《しえきじゅう》 Lv1』】**

**【New！『魔法薬の調合 Lv1』】**

**【『使役獣』――ダンジョンの中で棲息している魔獣を『使役獣』としてテイム出来ます】**

**【※テイム出来る数は、Lv1の場合は初級ダンジョンに棲息している魔獣を二匹まで。アプリのレベルが上がれば、テイム出来る魔獣の数も増えますし、『使役獣』の能力も上がり、強い『使役獣』へと成長します】**

**【『魔法薬の調合』――Lv1の場合、『魔法薬師見習い』程度の薬が作れるようになります】**

**【※『ショッピング』で買った異世界のものを同時に使って調合した場合のみ、『魔法薬師見習い』よりも少し精度のいいものが出来上がります。アプリのレベルが上がれば、より多くの魔法薬を調合出来るようになるほか、魔法薬の質が高くなり、優良なものが出来上がります】**


タブレットのお知らせを読み終え、早速アプリを起動してみることにする。

「まずは『使役獣』から見てみようか」

獣のマークが付いているアプリを起動させると、画面中央に四角い枠が二つ並ぶ。

枠の中に魔獣の絵が入れば魔獣図鑑になりそうだなと思いながら、何もない枠を一つ、指で押してみた。

**【テイム出来る魔獣がおりません】**


このように表示される。

テイムといってもどうやればいいのだろうかと思っていると、枠の隣にお知らせマークが付いた。

ポチッとマークを押してみる。

**【※テイム方法――魔獣を見付けたら、空白になっている枠をタップしてみてください。詳しくは、その時に表示されます】**
**【※現在テイム可能な魔獣……初級ダンジョンに棲息しているもののみ】**

まぁ、ここに魔獣がいないのにテイム出来るはずがないよな。

明日は初級ダンジョンに行って、何かテイムしてみようっと。

それじゃあ次は『魔法薬の調合』だ。

アプリを起動させてみると、作成可能な薬がリストになっていた。どうやら上の方が簡単に作れるもので、下にいけばいくほど難しくなるらしい。

病気や怪我の治療といったオーソドックスなものから、容姿や体形を変える特殊なものまである。

容姿や体形を変えるって言葉を見るだけで、ワクワクしてくるよね、これぞ異世界って感じだ。

「小さな傷を治す、軽い腹痛や咳止め、足のむくみ取り……これは普通に需要がありそうな薬だよな。後は……一時間だけ鼻が高くなるっていうのと、目がパッチリ大きくなる薬なんてのもあるんだな」

だいたい二十種類くらいだろうか？

そんな数ある魔法薬の中から、適当に『二日酔いの薬』をタップしてみると、挿絵《さしえ》付きで材料リストが表示される。

リストには二種類、『通常の魔法薬』と『異世界のものを使った魔法薬』があった。『異世界のものを使った魔法薬』のところには**【効果　回復＋6】**とも表示されている。

『魔法薬師見習い』レベルの魔法薬でも、異世界のものを使った方が効果がプラスされるので、どうせ作るならそっちの方が絶対いいでしょう。

ただ、どのくらい差があるのか分からないから、一度調べてみた方がよさそうだ。

そうだな……傷薬なら材料も他の薬より少ないし、これでやってみるか。

必要な材料は商店街でも売ってるようなものだから、夕食の材料を買うついでに一緒に買えばいいかな。

というわけで買ってきました。

それでは、アプリを見ながら『傷薬』を早速作ってみよ～！

傷薬に必要な材料は、次のものだ。

**【通常の魔法薬】**
**猫目草《ねこめぐさ》：1束。種付き鼠《ねずみ》の種：2粒。クルウォーの樹液：ティースプーン4杯。**
**アグレググの葉：1枚。綺麗な水：30ミリリットル。小さな容器：2個。**
**【異世界のものを使った魔法薬】**
**猫目草：1束。種付き鼠の種：2粒。クルウォーの樹液：ティースプーン4杯。**
**アロエの葉：1枚。精製水：30ミリリットル。小さな缶ケース：2個**

「材料は揃ったけど……どうやって調合するんだ？」

『傷薬』をタップしてみても、傷薬の材料や効能が書かれているだけ。

すると、またしてもタブレットにお知らせマークが表示される。

【※調合をしたい魔法薬を選択し、集めた材料を一纏めにして『調合《コンパウンディング》』と唱えてください】


なるほどなるほど。それじゃあ早速調合開始～！

「通常の傷薬と異世界のものを使った傷薬で分けて作りたいから……」

机の上に材料を分けて置く。

右側には『通常の魔法薬』の材料を。

左側には、『異世界のものを使った魔法薬』だ。

「まずは、通常のを――『調合《コンパウンディング》』！」

お知らせマークの通りに唱えてみると、材料の周りに魔法陣が浮かび上がり、青白い光に包まれた――と思ったらすぐに光は収束する。

そして、机の上には薬が入っている容器だけが残されていた。

「おぉ、すげぇ！」

容器を手に取って蓋を開けてみると、光の加減でキラキラと輝く水色の軟膏《なんこう》が入っていた。

こんな簡単に作れるものなのかと感動しながら一旦机の上に置いて、もう一つの方も調合してみる。

「『調合《コンパウンディング》』！」

先程と同じく、魔法陣が出現して机の上に二つの缶ケースだけが残ったので、出来上がったそれを手に取ってみる。

普通の魔法薬と何が違うのかと蓋を開けて見てみれば、少しだけ軟膏の色が濃いような……気がしなくもない。

机の上に並べた傷薬を眺めてから、早速効果を確かめることにした。

「そんじゃ、指先に傷をつけて……っと」

『ショッピング』でカッターを購入し、指先に傷をつける。

持っている短剣で、とも思ったけど、あんなもので傷をつけたら、切れ味がよすぎて指ごと落としかねない。

というわけで、カッターで左手人差し指の腹に、一筋の切り傷をつけた。

それと同時に、中指の腹にも同様の傷をつけて、まずは人差し指の傷に通常のものを塗り込む。

すると、傷口にムズムズした痒みが出てきて、次にゆ～っくりと傷口が塞がっていった。

「おぉ、綺麗に消えてる」

感動しながら傷口があった場所を見ていたが、すぐにもう片方を使ってみるべく缶ケースを掴む。

軟膏を指先で掬って中指の傷に塗り込んでみると、先程感じたムズムズは襲ってこず、スーッと素早く傷口が塞がった。

「うおっ！　スゲー速さで治ったぞ⁉」

使っているのはほとんど同じ材料なのに、異世界の素材があるかないかで、こうも治り方が違うのかと驚いてしまう。

「これ……アプリのレベルを上げた方が絶対いいでしょ」

無意識に出た言葉であるが、しばらくじっくりと考えて、本当にそうなんじゃないかと思えてきた。

『ショッピング』や『レシピ』、それに『情報』などのレベルは、今は急いで上げなくても問題ない。

だけど、『魔法薬の調合』はレベルを上げておいた方が、何かあった時――たとえばダンジョンで怪我をしたり病気になったりした時に、凄くいいんじゃないかと思う。

「このタブレットを使い始めてから、レベルをこんなに短時間で上げるのは初めてだけど……よっし！　レベルを上げましょっ！」

善は急げと言うしね。

というわけで、アプリを開いて右上の『魔法薬の調合　Lv1』をタップ。

**【Lvを上げますか？　はい／いいえ】**

『はい』をタップ。

**【※『魔法薬の調合　Lv２』にするには、２０００００ポイントが必要になります】**

『同意』をタップ。

すると画面上から二十万ポイントが消え、時計マークが浮かんだ。

その時計マークもすぐに消えて、『Lv１』から『Lv２』へと変わった。

Lv２となった『魔法薬の調合』を新しく開けば、作れる種類の魔法薬が格段に増えていて、新しく項目分けされていた。

**【治療／解毒／変化】**

どうやら効果も、『魔法薬師見習い』レベルから『魔法薬師』レベルへと変わったらしい。

『解毒』の項目を確認すると、初級ダンジョンの魔草や魔獣から受けた毒を消す魔法薬らしい。

レベルが上がれば、中級や上級、それに特殊ダンジョンといった場所で出てくる強い魔獣や魔草から受けた毒や、人間が故意に作った毒薬などを解毒出来るようになるんだって。

『変化』は、一時的に体の一部を変える魔法薬だそうだ。

「そういえば、まだ傷薬の材料が残ってるから、新しいレベルになった傷薬も調合してみるか」

先程と同じように、通常のものと異世界の素材を使ったもの、二種類の傷薬を作る。

そして、両方の魔法薬を試した結果——同じ傷薬の魔法薬でも、Lv１とLv２では効果や効き目が全く違うということが分かった。

まず、傷の治りが断然早い。

普通の魔法薬の方でも、Lv１の時に感じていた痒みがほとんど無かった。

このアプリ……レベルを上げ続けたら、マジで凄いことになるんじゃね？　と思いながら、次のレベルには何ポイントが必要なのかと確認してみた。


**【※『魔法薬の調合　Lv３』にするには、６５５０００ポイントが必要になります】**

**【※自身のレベルが25以上必要です】**


ポイント数、めっちゃ跳ね上がってるし！

しかも、２まで上げるだけなら『情報』と同じポイントだったけど、Lv３からは使用するポイントの数が違う。『情報』だと五十六万だったから、こっちの方が高いのか……

それぞれのアプリによって、条件が結構違うんだな。

Lv３にするには僕にはまだ少し早かったと、そっとタブレットを仕舞ったのだった。

## 使ってみよう！

そして翌日。

今日は午後からダンジョンに行くので、『使役獣』を使ってみるつもりだ。

その前に、午前中は『魔法薬の調合』を試してみよう。

アプリを開けば、数十種類の魔法薬が表示される。

そうそう、フェリスさんに『魔法薬』と『薬』の違いは何か聞いてみた。

『魔法薬』は魔力や調合する材料さえあればすぐに作ることが出来、効果も早く出る。

それに、混乱や麻痺《まひ》、魅了などといった状態異常にも素早く効くらしい。

『薬』の場合は調合するのに時間がかかるうえに、服用してから効果が出るまでも時間が少しかかり、状態異常を完璧に治すことは出来ないそうだ。

でも魔法薬より価格がかなり安いので、一般庶民は普通の薬を買う方が多いらしい。

さて、それで今日作ってみるものだけど……『変化』を試そうと思っている。

髪や目、それに肌の色とかだけじゃなくて、顔の輪郭《りんかく》や鼻の高さ、声も変えられるんだって。

ただ、アプリのレベル的に変化出来るのは二分間だけ。

短いけど、なんか面白そ～！

よし、調合出来そうなものを片っ端から作ってみようっと。

部屋の隅にある『素材入れ』と書いた紙を貼っている木箱へと歩み寄る。この中には、色々な種類の魔獣や魔草から採取した、魔法薬の材料が入ってるんだよね。

クルゥ君と一緒にダンジョンに行った時に、獲っておいたのだ。

そこそこお金になりそうなものを集めておいて、いつか纏めて売ろうと思っていたんだけど……売らないでよかった～。

そう思いながら、試してみたい魔法薬の材料をベッドの上に並べていく。

並べ終えたら、『ショッピング』から百ポイントほどで購入出来る容器を適当に買い、それぞれの魔法薬となる材料のもとへ置き「『調合《コンパウンディング》』！」と唱える。

ベッドの上いっぱいに浮き上がる魔法陣は、魔法薬ごとに形や書かれている文字、それに色などが全然違っていて、見ているだけでも面白い。

光が収まり、魔法陣が消えると液体や軟膏などが入っている容器が、ベッドに十個載っていた。

その中の一つを手に取って、中の液体を一気飲みしてみる。

うおえぇ～っ、に、苦っ！

液体が喉を通過した後に、口の中いっぱいに広がる渋みと苦味が凄過ぎて、眉間に皺を寄せる。

しかし、次に体に現れた変化のおかげで、味なんてすぐに気にならなくなった。

瞬《また》く間《ま》に、髪が腰まで伸びたのだ。

髪を両手で持ち上げ、まるで魔法のようだと感動する。

いや、魔法薬だから魔法の部類には入るんだろうけど……

それでも凄いことに変わりない。

それから僕はベッドの上にある魔法薬を『情報』で確認して、一緒に飲んではダメだと書かれていないものを色々と試してみた。

そして――

「スゲェ……別人じゃん！」

僕は鏡に映る自分を見て、そんな声を上げた。

そこにいたのは、長い髪と耳を持ち、褐色《かっしょく》の肌と黒い瞳をした大人の女性エルフ。

サラサラと流れる長い髪に、普段動くことのない耳がピコピコと上下に動き、手足は細いがしなやかな筋肉がほどよく付いていていて、すらりと長い。

クネクネと体を動かし、鏡の前でポージングをしてみる。

「……楽しいんだけど！」

見た目は完全に別人なのに、口から出てくるのは聞き慣れた自分の声というアンバランスな感じなのも、ウケる。

そして、男にはないふっくらと膨らむ――ム・ネ！

普段なら絶対に盛り上がることのない服の胸元をじっと見詰める。

……女性の胸を勝手に触るのはただの変態だけど、自分の胸なら何の問題もなかろう！

手をワキワキさせ、ドキドキと胸を高鳴らせながら、いざ胸を触ろうとした。しかし……

「……あれぇ？」

胸を触る直前に、プシューッと音がしそうな勢いで膨らみがなくなってしまった。

どうやら、魔法薬の効果が切れたみたいだ。

ペタペタと、元に戻った自分の胸元を触りながら、ちょっとだけ残念に思う。

うん、ちょっとだけね。

それから、残っている材料を使って色々なものを調合してみようと思って、ベッドの上に材料を置いていく。

「『調合《コンパウンディング》』！」と唱えれば、ベッドの上に並べた魔法薬の材料のほとんどが消えて調合に成功するが、なぜか何個か調合出来ずに残っているものもあった。

あれ？　と思って首を傾げていたら、タブレットから音が鳴る。

画面を開いて確認してみると、お知らせが表示されていた。


**【魔力の残りが10％以下のため、調合出来ません】**

**【※魔力が3％以下になりますと、全てのアプリが使用不可能になります】**

**【※魔力が0で行動不能になります。ご注意ください】**


慌てて『情報』を見たら、魔力がかなり減っている。

魔力を回復する魔法薬を飲めば、数字がある程度増加した。

魔力が少ないからといって、体調が悪くなった感じはしない。けど、もしアプリが使えなくなる3％を下回ったら……確認するのが怖いや。

魔法なんて使えないから、『デイリーボーナス』で魔力を上げなくてもいいかと思っていたけど……そっか、『魔法薬の調合』は魔力が必要になるんだな。

今まで、調理をしたり『ショッピング』で購入したりする時は、魔力消費なんてなかったから気にも留めなかったよ。

これからは『魔力』の取得もちゃんとしようと、心に決めたのであった。

さて、ダンジョンに行く前に、お昼ご飯を作らなきゃ。

本日の昼食は超簡単、キムチ肉チャーハン！

まずは『ショッピング』でキムチを購入し、白菜をカット。

冷蔵庫の中からダンジョン産の豚肉っぽい肉を取り出して切り落とし、庭から収穫してきたネギも細かく切っておく。

フライパンにごま油を垂らし、肉を焼きながらキムチの白菜を投入。

ここで、キムチの汁も加えて炒めるのがポイントだと『レシピ』にあった。

そしてある程度焼けたらご飯を加えて炒めながら長ネギを入れ、醤油を垂らしたらフライパンを大きく回す。

最後に塩や粗挽《あらび》き胡椒で味を調える。

チャーハンのお供にわかめスープを添えれば、完成だ。

テーブルの上にキムチ肉チャーハンが盛られた食器を並べていると、呼ぶ前に皆がリビングへ集まった。匂いに釣られたんだろう。

「すごく美味しそうね」

長い耳をぴくぴく動かしながら、フェリスさんが自分の席に着いてキムチ肉チャーハンを凝視する。

その姿を見て心の中で笑いつつ、少しピリ辛のチャーハンだと説明したら、皆に不思議そうな顔をされた。

「ピリ辛って何？」

皆の疑問を代表して、クルゥ君が質問してきた。

あー、そういえば今まで辛いものって作ってなかったっけ？　思い返せば、外食した時に食べたのもめっちゃ辛かったっけ。

「まぁ、食べてみれば分かるよ」

僕がそう言うと、皆は恐る恐るといった感じでスプーンでチャーハンを掬い、口の中へ運ぶ。

パクリと口の中に入れて咀嚼《そしゃく》し――カッと目を見開いたと思ったら、皿を手に持って口の中へかき込むようにして食べ始めた。

「辛いけど辛過ぎねーし、肉の旨味とこのピリッと辛い野菜が上手く合わさっていて、すげーうめぇー！」

一番先に食べ終えたラグラーさんが、皿をテーブルの上に置いた瞬間そう叫んだ。

食レポみたいなコメントありがとうございます。

クルゥ君とフェリスさん、それにグレイシスさんの三人は、まだ口を動かしているが、ラグラーさんの言葉を聞いてウンウンと頷いている。

ケルヴィンさんは辛いのが少し苦手なのか、水を大量に飲んでいたが、初めて辛い料理を食べられたと言われた。

でも次から辛い料理を作る時は、ケルヴィンさん用に違うのを作っておこうと思った。

お粗末様《そまつさま》でした。


お昼を食べ終え、食器を洗って部屋の掃除もある程度終わらせてから、僕は一人で初級ダンジョンに足を運んでいた。

初級ダンジョンの表層入口近くでは流石に人が多いので、少し中に入って、あまり人がいない場所を目指す。

とはいっても、一人でそんなに奥に行ったことはないから、一度行って知っている場所までしか進めないけど。

しばらく歩いていると、Bランク昇級試験の時に苦戦した岩亀が見えてきた。

以前と同じように砂浜の上をのろのろと歩いている岩亀から少し離れた場所に立った僕は、タブレットを出して『使役獣』のアプリを起動させる。

二つある空の枠のうち、片方をタップすると——

**【『岩亀』をテイムしますか？　はい／いいえ】**


という文字が表示される。

そのまま『はい』を押したら、また画面に文字が出てきた。


**【『岩亀』は『使役獣』のレベルが上がってもこれ以上進化しません——テイムしますか？　はい／いいえ】**


「えっ、進化出来ないの……っていうより、魔獣って進化出来るの？」

初めて知る情報が出てきたぞと思いながら、僕は一旦『いいえ』を選択する。

すると岩亀のテイムがキャンセルされて、画面が元に戻った。

「ん〜。『使役獣』の今のレベルだと、初級ダンジョン表層の魔獣しかテイム出来ないけど……魔獣には進化出来るのと出来ないのがいるのか」

テイムするなら、進化出来る方が絶対いいよな。

そう思った僕は、可能な範囲でこのダンジョンの表層にいる魔獣を調べてみることにした。

魔獣を見付けては空の枠を押して、その魔獣が進化出来るかどうかを確認するのだ。

そして、ある程度の魔獣を調べてあることに気付いた。

それは、進化出来る魔獣がダンジョン表層では見当たらないのかもしれないということだ。

まぁ、初級ダンジョンの表層だし、しょうがないか。諦めてその辺にいる魔獣を適当にテイムしようかと思ったその時――

「ん？　何だあれ」

この広い草原にいるはずのない魔獣が、気持ちよさそうに空を飛んでいるのを目にした。

あれは葉脈が見えるように透き通っている羽と、葉みたいな鱗を持つ蛇――葉羽蛇だ。

でも確か、葉羽蛇は背の高い樹が生い茂る場所に棲息する魔獣だったはず……何でこんな、木なんて見当たらない場所を飛んでいるんだろう。

周りを見ても、仲間がいるわけじゃないらしい。

迷子か？　とそんなことを思いながら、空の枠をタップする。


**【『葉羽蛇』をテイムしますか？　はい／いいえ】**

すぐに『はい』をタップ。

直後、空を飛んでいる葉羽蛇の体の下に魔法陣が浮かび上がり、光ったと同時に消える。そして『使役獣』の空枠だった部分に、精巧《せいこう》な葉羽蛇の画像が浮かび上がった。

「お～っ!?」

てっきりまた、進化出来ない魔獣だと表示されると思ったのに……

葉羽蛇のテイムはまだ試してなかったけど、進化が出来る種類なんだろうか？

でも、こんな簡単に魔獣をテイム出来るのか。

てっきり、アプリで『はい』を選んだら昇級試験の時のように、戦うことになると思ってたんだけど。

すると、突然画面にお知らせが表示された。

**【※テイムした魔獣に〝名前〟を付けてください】**

**【※名前を付けましたら、召喚したい魔獣の枠を押してから『魔獣召喚――（魔獣の名前）！』と唱えてください】**

**【※魔獣が何らかの理由で負傷し、行動不能になった場合、アプリの中に退避《たいひ》することが出来ます。アプリの枠の中では、徐々に回復します】**

どうやらこの葉羽蛇に名前を付ける必要があるようだ。

元空枠——今は葉羽蛇が入った枠の下に名前を打ち込む場所があり、タブレットの画面下にはキーボードが出ていた。

「名前……名前ねぇ……うーん、まず雄《おす》なのか雌《めす》なのかも分かんないしな。ん～……よし、これにしよう！」

僕は、決めた名前をキーボードで打ち込み——決定キーを押す。

するとグレー色だった枠ブチが光り、透明な枠へと変化した。

それを見た僕は次の行動をすべく、息を吸い込んでから口を開く。

「魔獣召喚——『ハーネ』！」

僕がそう叫んだ瞬間、少し離れた足元に複雑な紋様《もんよう》が描かれた魔法陣が出現した。

それは、稲妻《いなづま》を伴いながら光り輝く。

バチバチバチッと音を立てて、光が中央へと集まり、次第に弱まっていく。

そして、光が収束した場所に現れたのは、先程テイムして名前を付けた葉羽蛇——『ハーネ』だった。

召喚したハーネの体長は僕の腕より少し長いくらいで、太さもどちらかと言えば細く、まだまだ小さな部類に入る。

しかも、今まで討伐してきた葉羽蛇は獰猛《どうもう》な顔をしていたが、ハーネはなんていうか……きゅるるんって音がしそうなくらい可愛くて綺麗な顔をしている。

チロチロッと舌を出したハーネは、背中にある透き通った葉脈に似た羽を動かして浮き上がると、僕の腕の所にまで飛んできて手首から上にぐるぐると巻き付いた。

近くで見るハーネは他の葉羽蛇よりも薄いターコイズ色をしており、特徴的な真っ赤な瞳じゃなくて、真っ黒で大きな瞳を持っていた。

頭の両側には細長い綺麗な葉のようなものが付いていて、耳みたいだ。

実は爬虫類《はちゅうるい》系は得意じゃなかったけど、ハーネの見た目は蛇っぽくないし、背中の羽や鱗が宝石のように輝き、なんといっても愛らしい大きな目で僕をキラキラと見詰めてくるんだ。

何この可愛い生き物！

うん。初テイムにしては、とても素晴らしい魔獣を手に入れたと思う！

「ハーネ、これからヨロシクな！」

《シュー！》

こうして僕は、『ハーネ』という可愛らしい使役獣を手に入れたのだった。

「ケント君、その魔獣は……」

フェリスさんが、目を丸くして言う。

意気揚々《いきようよう》と家に帰った僕は、フェリスさんの部屋に来ていた。

魔獣をテイムしたことは、暁のリーダーであるフェリスさんには最初に報告した方がいいだろうと思ったからね。

でも、彼女の反応は思っていたのとは違っていた。

「……あの、フェリスさん？」

「ケント君！　その魔獣はどこで……っていうか、どうしたの⁉」

「へ？　あぁ、初級ダンジョン表層に行っていたんですが、そこで飛んでた葉羽蛇を……テイムしてきました？」

「何で疑問形⁉」

椅子から立ち上がったフェリスさんは、一瞬にして僕のもとへやってくると、腕に巻き付いているハーネを見て「やっぱりこの葉羽蛇は……いや、でも、これは」とブツブツ言いながら首を傾げていた。

そして指先でハーネの頭を撫でながら、僕を見る。

「ケント君……この子、普通の葉羽蛇じゃないわよ」

「え？　そうなんですか⁉」

葉羽蛇に普通も普通じゃないもあるんだろうか？

驚いてハーネに顔を向けると、大きな目をキュルンッとさせて僕を見上げるハーネと目が合った。な～に？　とでも言っているような雰囲気のハーネの額を指先で撫でてやれば、嬉しそうに目を細めながら長い舌をチロチロと出した。

そんな表情に癒《いや》されつつほっこりしていると、僕達を見ていたフェリスさんに笑われた。

「ケント君には、いつも本当に驚かされるわね」

「へ？」

「この子は、葉羽蛇の中でも滅多にお目にかかれない、進化する前の『優位個体』なのよ」

「進化前の……優位個体？」

不思議に思っていると、フェリスさんが説明してくれた。

それによると、実は魔獣にもレベルがあるそうだ。そしてほとんどの魔物はレベルが上がっても進化しないのだが、ごく稀《まれ》に、進化出来るようになる個体がいて、『優位個体』と呼ぶらしい。

ちなみに、どんなに弱い種族でも進化前の優位個体をテイムすることは困難なんだとか。

なぜかと言うと、なかなか人目に付かないような場所にいるのと、警戒心も強く、近寄ろうとする前に危険を察知してすぐに姿を消してしまうから。

だから、ギルドで見るような人に従っている魔獣は、そのほとんどが進化しない普通の魔獣なのだと教えてもらった。

また、一般的なテイム方法は至ってシンプルだ。

まず、テイムしたい魔獣と戦う。そして殺さない程度に戦闘不能にした後に、魔力を乗せた声で『テイム！』と唱えれば完了。

自分よりも強い魔獣はテイム出来ないし、潜在的な魔力量によってもテイム出来る数が決まっているらしい。

一体どうやって捕まえたのかと聞かれたので、僕は『使役獣』のアプリの話を伏せて説明する。

普段なら絶対いないような草原の上空を、気持ちよさそうに飛んでいたハーネを見付け、特に戦闘をしたわけでもなく「テイム」と唱えたら簡単に出来たのだ、と。

僕の話を聞いたフェリスさんは、一瞬だけ唖然としたが、すぐに「似た者主従ね」と苦笑していた。

フェリスさん……それって、褒めてないですよね？

そんなわけで、暁の皆にもハーネをお披露目《ひろめ》する。

普通の葉羽蛇とは違うハーネに皆は驚いていたが、僕の腕に絡まりながら、キュルンッ！ とした大きな目をパチパチとまばたきした瞬間から、すっかりマスコットキャラクターになってしまった。

クルゥ君も僕みたいに魔獣をテイムしたい！　と言っていたが、魔力制御をきちんと出来なければならない。悔しがりつつも今以上に頑張ると意気込んでいた。

一通り皆でハーネを可愛がった後、僕は夕食の準備を始める。

夕食の準備をしている最中、ハーネは背中の羽を動かしながら空中に浮いて僕の肩に胴体を置く。そして僕の頭の上に自分の頭を乗せて、僕がやることを楽しそうに見ていた。

「ハーネ、楽しいか？」

《シュ〜♪》

視界の端に、尻尾が左右にフリフリと揺れているのが見えるな。

さて、今日はカレーライスを作ろうと思う。

『ショッピング』でカレールウの箱を数箱購入するのと一緒に、豚肉も買った。

野菜を大きめにカットしてから油を入れた鍋で炒め、そこに切った豚肉を投入し、ある程度焼いていく。

そこにラグラーさんが常備しているワインを加え、焦げないように木べらでかき混ぜつつひと煮立ち。

『レシピ』では、野菜は形が崩れやすいものは後に入れるように書いてあったが、そこは面倒なのでタマネギを最初に炒める以外は一気に入れてしまう。

若干『レシピ』で書かれている手順とは違っても、調味料の分量を大幅に間違えることがなければ、失敗しないのだ。

鍋の中に水を入れ、蓋をしてからもう少し煮込む。

「ふ～んふんふん、ふふんがふんふん♪」

《シュ～シュシュ～♪》

鼻歌を歌いながら調理をしていると、僕の鼻歌に合わせながらハーネも楽しそうに歌う。

一人で調理するのも嫌いじゃないけど、こうして誰かが一緒にいるのも悪くないものだ。

鍋の蓋を開け、『ショッピング』で購入した中辛のルウを数種類、投入する。僕は一種類のルーよりも数種類のルーを入れる派なのだ。

そして隠し味として、醤油とソース、それにケチャップを少しだけ入れる。

く～るくると鍋の中をかき混ぜ、ルーが溶けてとろみが出てきたのを見計らってから、スプーンで掬って味を確かめる。

「うんうん、イイ感じ」

《シュー？》

「ん？　あぁ、ハーネも味見してみるか？　……ほら」

《――シューッ！》

顔の横に下りてきたハーネにカレーの味見をさせてみたら、よほど気に入ったのか、大きな目を更に大きくさせて、もっと食べたいと催促された。

何度か味見をさせてやったけど、これ以上は食事の時までダメだと注意をすると、シュンと項垂《うなだ》れていたのが可愛かった。

カレーをさらに煮込んでいる間にサラダを作り、食卓テーブルに器やスプーンとフォークを並べていると、ご飯が炊けた。

「よし、皆を呼びに……あぁ、匂いに釣られて下りてきたみたいだな」

皆がいる二階に向かって声を張り上げようと思ったら、カレー特有のスパイシーな匂いに誘われた皆が、自主的に下りてきたところだった。

ここ最近、呼ぶ前に下りてくるので、大声を出さずにすんで助かっている。

椅子に座った皆の前にカレーライスが盛られた皿を置いてから、口を開く。

「今日の夕飯はカレーライスです！　ケルヴィンさんでも大丈夫なように中辛にしてあります。もう少し辛いのが食べたいという方は〝辛くする粉〟を置いておくので、自分で辛さを調節してくださいね」

テーブルの上に、『ショッピング』で購入したチリペッパーの粉が入った瓶を置いておく。

「いただきます」

リーダーであるフェリスさんの「いただきます」という言葉の後に、皆も「いただきます！」と続き、勢いよく食べ始める。

全員が二回ほどお代わりしたんだけど、チリペッパーを使って辛さをプラスしたのは、意外にもフェリスさんだった。

聞けば、辛い料理は嫌いじゃない——どちらかと言えば好きらしい。

「今回のカレーはとてもほどよく甘辛くて美味しく、自分で辛さの調節が出来るから素晴らしいです！」

なんて絶賛されてしまった。

こうして、本日の夕食も皆に大満足してもらえたのだった。

## 懐かしい人との再会

ハーネを使役獣にしてから二週間。ここ数日は、ギルドのBランクの依頼でも、簡単そうなものなら一人で受けることが多い。

もちろん、クルゥ君と一緒に行くことも多いけど、お互いの時間が合わない時にはそうしているのだ。

一人で行動するようになったのは、ハーネの存在が大きい。

ハーネの危機回避能力は凄くて、ハーネや僕が敵《かな》いそうもない魔獣が周囲にいたら、素早く察知して、僕に逃げるように教えてくれる。

討伐対象の魔獣と戦闘になった時には、僕がうっかり取り逃がしてしまった魔獣がいるのに気付くと、攻撃して倒してくれていた。

そんなハーネの〝手助け〟を見ていたフェリスさん達から、ハーネと一緒の場合のみ、一人でギルドの依頼を受けてもいいと許可が下りたのだ。

暁全員で依頼を受けたり、個人で依頼を受けたりすることも増えてきて、僕の懐事情もかなり潤《うるお》ってきた。

ハーネ、本当に助かってるよ！　ありがとう。

そして今日も、ギルドの依頼を終えてホクホクしながら帰っていたんだけど、とても懐かしい人に声をかけられた。

「あれ？　お前、もしかしてケントか？」

「んん？」

振り向くとそこには、僕がこの世界に来たばかりの時に大変お世話になったアッギスさんが立っていた。

「アッギスさん！　お久しぶりです！」

「おう、久しぶりだな。元気にしてたか？」

「はい！」

「それはよかった」

僕の顔を見てニカッと笑ってくれるアッギスさん。

この人がいなかったら、右も左も分からないこの異世界でどうなっていたことか。下手したら野《の》垂《た》れ死《じ》んでいたかもしれない。

ほんと、感謝してもしきれないよね。

そんなことを思っていると、アッギスさんが警ら隊の制服姿ではなく、普段着だと気付いた。

「そういえば、アッギスさんの私服姿、初めて見ました」

「そうだったか？　まぁ、今日は休暇《きゅうか》で奥さんと一緒に買い物をしてたからな」

確かに、アッギスさんの両手には大きな袋が何個も提《さ》げられている。

でも、その奥さんは見当たらない。

どうやら臨月間近な妊婦《にんぷ》さんで、近くの木陰のベンチで休んでいるらしい。

その間に、アッギスさんが買い物をすませていて、偶然僕を見付けて声をかけてくれたそうだ。

「それにしても、龍の息吹から出たと風の噂で聞いて心配してたんだが……どうやら、逞しく過ごしているようだな」

魔獣《ハーネ》を従えている僕を見て、しみじみとそう言うアッギスさん。

「はい。あの時の僕には力がなさ過ぎて、龍の息吹の皆さんの足手纏いになると思って、自主的に辞めたんです。でも、今では力もついてきて、Bランク冒険者になったんですよ」

「へぇ〜、そりゃあよかったな！」

「はい！　今は暁というパーティの一員ですが、皆の助けもあって、ここまで成長することが出来ました」

そう言ってから、最初にこの街でお世話になったアッギスさんにもとても感謝していると伝えると、アッギスさんは嬉しそうに笑った。

「当たり前のことをしただけさ。それに、ケントが元気にしているなら何よりだよ」

アッギスさんはそう言って、そろそろ奥さんの所に戻るよと踵《きびす》を返す。

そんなアッギスさんに、僕はもう一度感謝の言葉をかけた。

「アッギスさん、本当にありがとうございました！　もし、アッギスさんが何か困ったことがあったら、僕を思い出してください。今度は僕が助けます！　絶対助けに行きます!!」

僕の声を聞いたアッギスさんは、そのまま歩きながら右腕を上げ、握り締めた拳を天高く突き上げたのだった。

家に帰ってからハーネにおやつを与え、部屋の掃除や夕食の準備を軽くした後、僕はとある人物の部屋の前に立っていた。

ノックの後、しばらくしてから扉を開けたその人が、僕を見て目を丸くする。

「……あら、ケント。私を訪ねてくるなんて珍しいじゃない。どうかしたの？」

その部屋の主とは、グレイシスさんだった。

「あの、グレイシスさんに聞きたいことがあって来ました」

「私に聞きたいこと？　まぁいいけど、こんな所で立ち話もなんだから入って」

「……えっと、お邪魔します」

体の半分をずらし、部屋の中に入るように言ってくれたグレイシスさんに頭を下げながら、彼女の部屋へと足を踏み入れる。

部屋に入った瞬間、グレイシスさんがいつも身に纏っている不思議な香りが僕を出迎えた。

次に、部屋の中を見た僕は、目を見開いた。

床には、沢山の壺や箱が積み重ねられていて、本棚には本の他にも色々な液体が入った瓶が綺麗に並べられている。

見上げれば、天井の壁紙が見えないくらいに吊《つ》るされた、乾燥した植物達。

そして、グレイシスさんから香る不思議な香りは、この植物達から発する匂いと同じものだった。

それ以外には、机と椅子、ベッドと閉じられたクローゼットだけ。

女性らしさが一切見当たらない部屋に驚いていると、扉を閉じて部屋の中央に立ったグレイシスさんが僕を見て苦笑する。

「それで？　私に聞きたいことって何かしら？」

「あ……っと、グレイシスさんは魔法薬師ですよね？」

「そうよ？」

「あの、この街で正式な魔法薬師になるには、どこで試験を受ければいいのかな～と思って」

「え？　ケント、あなた魔法薬を作れるの？」

「はい。グレイシスさんやフェリスさんが作るものには足元にも及びませんが」

本当はフェリスさんに聞いてもよかったんだけど、彼女は今、ラグラーさんとケルヴィンさんと一緒に数日間中級ダンジョンに潜っている最中で、聞けなかったのだ。

ベッドの端に座ったグレイシスさんは僕の言葉に驚いていたが、すぐに口を開く。

「魔法薬を作れるのに、今までなぜ売らなかったの？」

そう思うのも無理はない。魔法薬は高く売れるのに、半年以上も黙っていたのだから。

……まあ、作れるようになったのは、最近なんだけどね。

そこで、僕は用意しておいた『答え』を口にした。

「その、僕の故郷や近くの村がド田舎《いなか》過ぎて、魔法薬師になる為の試験を受ける場所がなくてですね……受けられなかったんです」

「……それは、凄い田舎ね。まぁ、でもそういう話はよく聞くわ」

「故郷で僕に魔法薬の作り方を教えてくれた人が、魔法薬を売るには資格が必要で、その魔法薬師になるにはお金を出して試験を受けなければならないって言ってたんです。それでまずはこの街へ出稼ぎに来て、ある程度お金を貯めてから試験を受けようと思っていたんです」

僕の作り話に、グレイシスさんはうんうんと頷いていた。

そこに僕は言葉を続ける。

「とはいえ、住む所や働く場所は簡単には見付からないだろうと考えていました。でも、暁に拾ってもらえて、皆と仲良くなり、更にはBランク冒険者になれて……本当に皆さんに感謝してるんです！」

後半の言葉は、僕の本心だ。それが伝わったのか、グレイシスさんは嬉しそうに微笑んだ。

「ふふ、ケントが入ってくれたおかげで生活に潤《うるお》いが出たから、感謝してもしきれないのはこっちの方よ。それに、Bランクにはケント自身の努力があったからなれたのよ？」

グレイシスさんはそう言うと、座っていたベッドから立ち上がり、僕の方へ体を向けて三本の指を立てた。

「魔法薬師になるには、『魔法薬師協会』で試験を受ける必要があるわ。でも、その試験を受けるには三つの条件をクリアしてないとダメね」

そう言って、グレイシスさんは一本ずつ指を折っていく。
1、魔法薬師協会が発行した『魔法薬師免許』を持っている人物に、師事《しじ》していること。
2、受験料は一回で二万五千レン。（一度落ちたら一年間は再試験を受けられない）
3、試験を受けるには、十五種類以上の魔法薬を作れるようになっていること。
この三つの条件が揃って初めて試験が受けられるそうだ。

「あ、2と3なら大丈夫ですよ」

僕がそう言うと、顎に手を当てて何か考えていたグレイシスさんは、「何か一つ、作った魔法薬を見せてくれる？」と言ってきた。

僕は一度部屋へ戻って、以前作った傷薬を持って、再度グレイシスさんのもとへと戻る。

『通常』と『異世界のものを使った』もの、どちらを渡そうか悩んだんだけど、試験は一度落ちたら一年間は受けられないそうだから、効果が高い後者を渡した。

小さな缶の蓋を開け、匂いや薬の硬さを確かめた後、グレイシスさんは薬を見詰めながら口を開く。

「ケント。この薬を作った後、どんな方法で傷の治り具合を確認したの？」

「え？　それは……自分の指先を切って、そこに薬を塗りました」

「それじゃあ、私の目の前でこの薬の効果を実演してみてくれる？」

ポイッと軽めに投げられた缶ケースを空中でキャッチしてからグレイシスさんを見れば——彼女は見たこともない真剣な表情をして、僕を見詰めていた。

たぶん、僕が本当に魔法薬師になる資格があるのか、試されているんだろう。

僕はゴクリ、と喉を鳴らしつつ、グレイシスさんに小さなナイフと布を借りる。

そして緊張しながら左手の指先にナイフの刃を当て、そのまま引いた。

途端に指先に痛みが走り、タラタラと血が傷口から流れ出す。

うわっ!?　緊張し過ぎて思ったより深く切り過ぎた！

慌てて指先から零れそうになる血を布で拭き取りながら傷口を押さえ、缶ケースの蓋を開けて薬を掬う。

それから布を傷口から外してすぐに薬を塗ると、途端に傷は癒《い》えていった。

はあ、危うく、グレイシスさんの部屋の床に血を付けるところだった。

ほっとする僕の耳に、グレイシスさんの驚いたような声が届いた。

「え……今の傷を……あの薬の量で治しちゃったの⁉」

グレイシスさんは僕の手を取って、傷があった場所を確認するように、指先でスリスリと触れてくる。

そしてそのまま自分の指先を切って、僕の薬の効果を確認していた。

「本当に驚いたわ。一体、どうやって作って……あ、教えなくてもいいわ。薬の調合方法や練り込む魔力は、いくら師弟関係といえども詳しく教え合わないものなのよ」

「そうなんですか……？」

どうやら、魔法薬の師匠というものは、ある程度の工程を教えるだけで、練り込む魔力なんかは弟子が自分で試して、『自分だけの魔法薬』を作るんだって。

だから、魔法薬は作る魔法薬師の調合の仕方によってかなり効き目が変わるそうだ。調合が上手な魔法薬師は重宝され、その魔法薬の値もかなり上がるとのこと。

「魔法薬師見習い……ううん。これなら、ちゃんとした魔法薬師としてすぐにでも薬を売ることが出来るわ！　いつ試験を受けにいくの？」

指先に付着した血を拭き取ったグレイシスさんはそう聞いてきた。

そりゃあ、すぐにでも受けたいが、なにせ条件1を満たしていない。

僕のそんな言葉に、グレイシスさんがにっこりと笑う。

「あら？　私を誰だか忘れているのかしら？」

「へ？」

驚いて顔を上げれば、ぷるんっ、と揺れる大きなお胸に手を当てたグレイシスさんが妖艶《ようえん》に微笑む。

「私がいるじゃないの。魔法薬師免許を持っている私が、ケントの師匠になってあげる」

「いいん……ですか？」

「いいわよ？　あれだけの魔法薬を作れるのなら、私が教えてあげられることは少ないかもしれないけど」

「ありがとうございます！　すっごく嬉しいです！」

「こんなことぐらい、お安い御用よ……まぁ、この話を後から聞いたらフェリスが悔しがると思うけどね」

後半の呟きに、何でフェリスさんが悔しがるのかと首を傾げると、こっちの話よ、とはぐらかされた。

## 魔法薬師試験

魔法薬師試験は、受験日などが特にあるわけではないそうだ。

というわけで、僕はグレイシスさんに連れられて、魔法薬師協会へと足を運んだのであった。

ちなみにハーネはお留守番である。

なんでも、使役獣の感覚を頼りに材料を選ぶ——要するにカンニングするのを防ぐため、試験時には一緒にいられないのだ。

「うわぁ〜、映画とかで見たことあるよ、こういうお城みたいな建物……」

立派な門の両脇には、背中に大きな翼を生やした豹《ひょう》みたいな魔獣っぽいのがいて、魔法薬師協会の中へ入る人物を監視しているように見下ろしている。

「ほら、見惚《みと》れてないで中に入るわよ」

「あ、ちょっと待ってくださいよ、グレイシスさん！」

スタスタと薄いローブを靡《なび》かせて歩き出すグレイシスさんに、僕は慌てながら付いて行ったのであった。

門と大きな広場を抜けてから、広い柱廊《ちゅうろう》を歩き続けて建物の中に入ると——そこはまるで大きな図書館の中にでも足を踏み入れたかのような雰囲気だった。

流石、魔法薬師協会。静謐《せいひつ》な空気が漂いまくってるよ。

「……それにしても、あんまり人がいないんですね」

「そうね、協会内は基本的には魔法薬師しか立ち入ることが出来ないからね」

魔法薬師協会の門の内側——建物の前にある大広場までは入場制限はかかってないらしいんだけど、僕達が歩いている場所は一般人立ち入り禁止区域だそうだ。

話を聞きつつ壁に飾られている壺や不思議な動物の剥製《はくせい》などを見て、めっちゃ高そうだなーと思っていると、グレイシスさんが歩きながら魔法薬師になった時の特典を教えてくれた。

「魔法薬師になれば、街中では絶対に手に入れることが出来ないような最高級の——かなり良質な薬草や魔法薬の材料を、安く手に入れることが出来るの。もちろん、自分が作った魔法薬を協会に売ることも可能よ？　でも、手軽に街で手に入るような魔法薬じゃ無理ね。協会が認める本当にいい魔法薬じゃなければ買い取ってもらえないのよ」

「へ～。あ、ちなみになんですけど……協会で魔法薬を買えるんですか？」

「ん～……売っていることには売っているけど、ここで売られている魔法薬は質や効能が凄くいい分、かなり高価よ？」

「なるほど。あの、グレイシスさん、もう一つ聞いていいですか？」

「なぁ～に？」

「一般の……普通の人も、ここで買えるんですか？」

「まぁ……買えないことは無いけど、ここで購入するには魔法薬師の紹介状が必要になるわ。そもそも、それがないと建物の中に入れないのよ。それにさっきも言ったけど、普通に街で売っている魔法薬よりも桁違いに高額だから、一般の人には手が出しにくいわね。いたとしても、貴族や裕福な商人くらいかしら？」

話を聞きながら建物の中を進むグレイシスさんの後を歩いていると、ようやく受付のような所にたどり着く。

受付にいた初老の男性にグレイシスさんが声をかけた。

「ルシュター、久しぶりね」

「これはシャム様、お久し振りでございます。本日はいかがなさいましたか？」

「今日は、この子――ケントとの師弟登録と魔法薬師試験の受験を同時にしに来たのよ」

グレイシスさんは僕の両肩に手を置き、グッと体を近付けて弟子となる僕を紹介する。

右肩の後ろにくっ付くフニッとした胸の感覚に、僕の胸が早鐘を打った。

ホント、グレイシスさんもフェリスさんも、暁の女性陣はボディータッチが多くて困ってしまう。

僕じゃなかったら、普通の野郎共は勘違いしてしまうぞ！

顔を赤らめていると、受付にいる初老の男性が嬉しそうな声を出した。

「これはこれは！　師弟関係は絶対に結ばないと有名なシャム様が、自ら登録を望まれるなんて……さぞ、将来が有望な方なのでしょうね」

「そうよ、この子が持つ才能なら……すぐにいいところまで行くと思うわ」

グレイシスさんの言葉を聞いた初老の男性は、僕を見てニッコリ笑うと、何か身分証明が出来るものがあるかと聞いてきたので、ギルドカードを手渡した。

「ありがとうございます。ケント・ヤマザキ様でございますね。それでは、最初に師弟登録を行わせていただきます」

僕から預かったカードと、グレイシスさんが差し出したカードを受け取った初老の男性は、受付台の引き出しから複雑な文字が書かれた一枚の紙を取り出す。そしてその上に二枚のカードを横に並べるようにして置き、呪文を唱えた。

すると、文字が紙から浮かび上がって動き出し、僕とグレイシスさんのカードを『∞』の輪っかの中にそれぞれ収まるように囲んだ。

「それでは師弟登録を完了する為に、お二人には血を一滴いただきたいと思います。掌を上にして、机の上に置いていただけますでしょうか？」

言われた通りにすると、初老の男性は判子のような物で僕の指先を押す。

すると、チクッとした痛みが指に走った。

絶対指先に穴が開いて血が出てるな～と思っていたんだけど、判子が指から離れた時に見た指先には、傷も血も付着していなかった。

紙の上に僕達から採った血を判子のような物から落とすと、文字が光りながらグルグルとカードの周りを回り……光が収まる頃には、文字は元の位置に戻っていた。

「はい、師弟登録はこれで終了です」

ギルドカードを返してもらいながら説明を聞けば、師弟登録をするだけなら、新たに発行されるカードはないとのこと。

魔法薬師試験に合格し、魔法薬師協会から発行される証《あかし》に、師弟関係を結んだ者同士の名前が登録されるんだってさ。

「シャム様、師弟登録は済みましたが、試験はいつお受けになりますか？」

「そうね、早ければ早いほどいいのよね……ねぇ、急で悪いんだけど、今日は受けられる？」

「もちろん構いません」

初老の男性は、受付の引き出しから新しい紙を取り出すと、僕に手渡してから説明してくれる。

「ケント様、こちらが魔法薬師試験の受験用紙となります――まず初めに、今回不合格だった場合、次の受験は一年後以降となりますが、よろしいでしょうか？」

「大丈夫です」

「では次に……受験金額には二万五千レン必要となり、十五種類以上の魔法薬を作れることが必須条件です」

「はい、金額と十五種類以上の魔法薬は作れているので、条件は満たしています」

「かしこまりました。それでは、魔法薬師に合格した後の説明をさせていただきます。試験合格後、魔法薬師になって一年間は、当協会が指定した魔法薬を一定量、必ず協会へ提出する必要がございます。もちろん、提出いただいた魔法薬はこちらで買い取らせていただきます。提出を怠《おこた》った場合、魔法薬師の資格が剥奪されるのでご注意ください」

僕が分かりましたと頷けば、早速試験を受ける準備が始まった。

まず、『魔法薬師協会認定　魔法薬師試験』と書かれている用紙に、自分の名前を書いて、受験料の二万五千レンと一緒に提出する。

試験内容は、三種類の魔法薬を一時間以内に作り上げるというもの。それを三人の試験官全員に認められれば合格だ。

試験会場は魔法薬師協会の地下にあって、試験で作る魔法薬の種類はその場で発表されるとのこと。

うひょー！　緊張する！

「それじゃあ、頑張ってねぇ～」

グレイシスさんは僕の師匠となったので、試験に関わることが一切出来ない。

初老の男性の後に付いて試験会場に向かう僕に、フリフリと手を振って送り出してくれたのだった。

「では、こちらでお待ちください。もうしばらくしましたら試験官が参りますので」

「分かりました」

試験会場として通されたのは、殺風景《さっぷうけい》な石造りの部屋だった。

部屋の中央には会議室で使うような長机があり、右側の壁の足元には大きな敷物が敷いてあって、沢山の植物や乾燥した実などが入った瓶が置かれている。

グレイシスさんの部屋にあったものより種類は少ないが、見たことのない植物を興味津々《きょうみしんしん》で眺めていると、コンコンとドアがノックされた。

返事をしながら顔を上げたタイミングで、三人の男性が部屋の中に入ってくる。

全身白を基調とした服を着ていて、その上に灰色のローブを羽織《はお》っていた。

この三人が、言われていた試験官なのだろう。

「こんにちは、ケント君。私達は魔法薬師協会認定の試験官、エドガーだ。両隣にいるのが、アウグストとセラン」

中央に立つ試験官のエドガーさんが自己紹介をしながら、他の試験官の名前を教えてくれたので、僕も頭を下げて挨拶をする。

エドガーさんは頷くと、早速試験内容を話す。

「これから試験を受けてもらうが、所要時間は一時間となっている。時間が過ぎたからといって即不合格ということはないが、出来るだけ時間内に調合するように」

「分かりました」

「あぁ、それと人によって魔法薬の調合方法が違うが……君は全ての作業を自分の魔力を使って調合するタイプかい？　それとも、薬草を直接すり潰した後に魔力を混ぜて調合するタイプかい？」

魔法薬の調合方法に、そんな二つのタイプがあるとは知らなかった。

まぁ僕はアプリを使って作るから、反則技みたいな感じにはなるけど、全ての作業を自分の魔力を使って調合するタイプと言っても、間違いはないだろう。

「え？　えっと……前者の方ですかね」

ちょっと自信無さげに答えてしまったが、試験官達に不審がる様子は見られない。たぶん、僕が緊張しているとと思っているのだろう。

僕の答えを受けたアウグストさんが、セランさんが持っていた片口すり鉢《ばち》や、すりこぎといった調合に必要な道具を指差して、「それじゃあ、コレは使わないね？」と確認してきたので頷いておく。

しかし、調合した後に出来上がる魔法薬を入れておく物は必要ということで、三つの小さい器と計量スプーンのようなもの、そして小さなナイフが長机の上に置かれた。

紙とペンは使うかどうか聞かれたんだけど、一応使うかもしれないので一緒に置いてくださいと頼んでおく。

そしてエドガーさんが、器の横に試験内容が書かれた紙を置いた後、口を開く。

「これから調合してもらう魔法薬は、全部で三つ。この試験用紙に書かれている。調合に使う材料は、そこにあるものから選んで使ってくれ」

エドガーさんが視線を向ける先にあるのは、沢山の植物や乾燥した実、それに何かの液体が入った瓶が置かれたスペースだ。

他に何か聞きたいことはないかと問われたので、どのような行為が不正に当たるのか聞いてみた。

その答えは、自分以外の力を借りること——色々な方法で他者の魔力を使って調合したり、魔獣を使ったりすることなんだって。

その他は特になく、薬草辞典を見たりするのも問題ないんだとか。

それを聞いて最初はビックリしたんだけど、魔法薬師試験とは、魔法薬の材料を全て覚えているかといった、記憶力を問う試験ではなく、良質な魔法薬を作れるかどうかを問う試験らしい。

なので、辞典などを見て良質な魔法薬を調合出来るのなら、合格なんだって。

心の中で、じゃあタブレットを使うのは合法だなと頷きながら、「分かりました」とエドガーさんに返事をする。

エドガーさんとアウグストさんとセランさんは踵を返して出口へと向かい、こちらを振り返った。

「では、私がこの部屋の扉を閉めた瞬間から試験が開始される――頑張ってくれ」

ゆっくりと扉が閉められ、パタンッと音がしたと同時に試験が開始された。

部屋に一人きりになったところで、まずはどんな魔法薬を作らなければならないのか確認してみよう。

**【魔法薬師試験内容：魔法薬三種の調合　所要時間――一時間】**
**・傷薬**
**・二日酔いの薬**

## ・魔獣ココルックの解毒薬

書かれていたのは、この三種類だった。

傷薬は作ったことがあるし、二日酔いの薬も見たことがある。

けど……ココルックって何さ？

タブレットを取り出し、『魔法薬の調合』アプリを開く。

「え～っと、ココルック……ココルックは～……あぁ、あった」

ズラーッと色々な魔法薬の名前が並ぶリストを眺めていると、かなり下の方で『魔獣ココルックの解毒薬』なるものを発見。

え、これって普通の魔法薬師でも作るのが難しい部類に入るんじゃないの⁉

そんな薬が試験に入っているなんて……

アプリをLv２にしておいてよかったと、心の底から思う僕であった。

とはいえ安心してばかりはいられない。

「さてと……それじゃ始めますか」

まずは、手始めに傷薬から調合しようと思う。

これは以前も作ったから、そんなに難しくない。

ただ、自分が思っていたより、使う材料を見付け出すのに時間がかかってしまった。

なぜかというと――

たとえば、まずは猫目草を探そうとしたんだけど、とてもよく似ている材料が他に五種類以上もあったのだ。

猫目草は、形は桜の花びらに似ていて、花の雌しべの部分に猫目石《ねこめいし》のようなものが付いているのが特徴だ。

その猫目石の瞳孔《どうこう》部分……て言えばいいのかな？　それが縦長になっていれば猫目草。

しかし、丸くなっていれば猫目々草《ねこめめぐさ》と言い、横一直線になっていれば横猫目草《よこねこめぐさ》などなど、色や形は凄く似ているのに、全く違う材料だったりするのだ。

『魔法薬の調合』アプリに出ている傷薬の材料に出ている絵を見つつ、よ～く観察しながら探さないと、失敗してしまう。

そのため、思っていたより時間がかかってしまったのだ。

それから他の材料も探していき、蓋が付いていない瓶の中から種付き鼠の種を二粒取り出す。

あと、クルウォーの樹液は蓋付きの透明な瓶に入っていて、同じような瓶が沢山並んでいたから探すのが大変だと思っていた。けど、液体系だけは名前が書かれたラベルが貼られていたので、これはすぐに見付けることが出来た。

味を確かめたり、匂いを嗅いだりして選ぶなんてことは出来ないから、めっちゃ助かりました！

机の上に置かれていた空の器を手に取り、クルウォーの樹液をティースプーン四杯分入れる。

そしてその器と猫目草、それに種付き鼠の種を机の上に一緒に並べる。ここまでは、『通常』と『異世界のものを使った』ものとで共通の素材。

さて、どちらで調合するか……腕を組みながら悩む。

しかし、よく考えれば、この試験に落ちたら一年は再受験出来ないのだ。

それだったら……効果が確実に表れる方で調合した方がいいよね？

そう思った僕は、『ショッピング』からアロエの葉と精製水のボトルを購入し、アロエの葉を一枚机の上に置いてから、器の中に精製水を必要な分量入れた。

「よし。それじゃあ、さっさと調合しちゃいますかね――『調合《コンパウンディング》』！」

机の上に載せていた材料の下に魔法陣が現れて発光し、すぐに収まる。

器の中を見れば、出来立ての傷薬の魔法薬が入っていた。

ただ、出来たからといって完成ではない。

一応、今回も薬の効果を試してみた方がいいだろう。

これでもしも効き目が弱かったりしたら、試験に落ちてしまう可能性だってあるんだし。

机の上に置かれた小さなナイフが目に入る。

これを置いていったのは、傷薬の効果を自分で試せってことなんだろう。

前回試して効果は分かっているから、躊躇《ためら》いなくナイフで傷を付けてから、傷口に作ったばかりの魔法薬を塗る。

すると傷口は、スゥッと痒みもなく消えていった。

まず一つ目の魔法薬が完成だ！

二つ目に作るのは『二日酔いの薬』。

アプリを見れば、比較的リストの上の方にあった。

「えっと、樹苔《きごけ》の根、スウィーの実、炎尾魚《えんびぎょ》の鱗……その他が地球産の素材か」

まず先に樹苔の根を三本、スウィーの実を一個、炎尾魚の鱗五枚を、先程よりも早く探し出して机の上に並べることが出来た。

挿絵表示がなければ、こんなに早く見付けられなかっただろうな……

タブレットがなきゃ、絶対に無理ゲーだった。

うん、タブレット様々である！

ともかく、『ショッピング』で必要な材料――みかんとしじみ、それに飲料水が入ったペットボトルを購入した。

「『調合《コンパウンディング》』！」

二つ目の魔法薬が出来上がった。

タブレットで時間を確認すると、試験が開始されてから十五分以上が経過していた。

最後は『魔獣ココルックの解毒薬』だ。

アプリによると、今まで作った魔法薬に比べて、材料がかなり多い。

挿絵が付いているとはいえ、探し出すのが少しめんどくさいほどだ。

これは時間がかかりそうなので、すぐに取りかかるべく、腕まくりをしながら材料が置かれている場所へ足を踏み出した。

『魔獣ココルックの解毒薬』に必要な材料は次の通り。

**【魔獣ココルックの解毒薬】**
**ルッコティ鳥の羽：二枚。ケトラ蝶《ちょう》の鱗粉《りんぷん》：小匙《こさじ》1。ミルボクの爪：三枚。**
**稲妻蜘蛛《いなづまぐも》の毒糸：一個。グルグル蛇の尻尾：一個。犬顔蝙蝠《こうもり》の羽：二枚。**
**クリィン蛙《かえる》の毒液：小匙1。バナナ：一本。苺《いちご》：五粒。蜂蜜：ティースプーン一杯。**
**飲料水：100ミリリットル。**

解毒薬なのに毒糸とか毒液とか入れるのか……

毒を以《もっ》て毒を制す……みたいな？

それを言ったら、バナナや苺、蜂蜜なんかも効くとは思えないんだけどね。

まぁ、アプリを信じて作るしかないか。

必要な物を全て机の上に準備し、『調合《コンパウンディング》』と唱えれば、『魔獣ココルックの解毒薬』が完成した。

今回は材料が多い上に、毒物も使用するということで慎重に取り出していた。その結果、調合するのに十五分かかった。

どの材料を使ったのかと聞かれて、すぐに答えられなかったら困るから、紙にそれぞれ調合した材料の分だけ記入しておく。

アプリを見ながら紙に書き写したところで、試験開始から三十分ちょっとが経過していた。

ちょっと気になって、出来上がった魔獣ココルックの解毒薬をカメラで撮り、『情報』で確認してみる。

すると、**【魔獣ココルックから受けた毒を解毒する薬。服薬後、三時間は同じ毒攻撃を受けても自動的に解毒し続ける】**と表示されていた。

こういった魔法薬を作って常備しておけば、毒系の魔獣が多くいるダンジョンに行っても、毒に怯えずに戦えるかもしれないな。

こうして僕は、試験課題を全て調合し終えたのだった。

調合後に残った異世界のものを『ショッピング』の中にあるゴミ箱の中へ捨ててから、魔法薬を机の上に綺麗に並べ直し、試験官を呼ぼうと部屋を出る。

しかし左右を見回してみても、廊下には誰もいない。

大声を出したら聞こえるかな——なんて思っていたら。

「あ、もう終わったのかい？」

突然僕がいた部屋の向かい側の部屋の扉が開いたかと思えば、アウグストさんが顔をひょこりと出した。

受験者が部屋から出てきたら、試験官がいる部屋に何らかの方法で知らせが入る仕組みでもあるのかな？

「えっと……はい。試験内容の『傷薬』『二日酔いの薬』『魔獣ココルックの解毒薬』の三つを作り終えました」

僕がそう言うと、アウグストさんが同じ部屋にいたエドガーさんとセランさんに声をかける。そして三人は、試験会場の部屋へと入ってきた。

最初に壁側に置かれている材料の減り具合を確かめられたり、使用した材料は何かとか聞かれたりするのかと思ったんだけど、そんなことは全くなかった。

アウグストさんが、調合し終えた魔法薬を持って部屋から出ていく。

次に、セランさんが机の上に置かれている小さなナイフを手に取って状態を確かめる。

「これは何に使ったの？」

「傷薬の効果を確かめる為に自分の指を傷付けました」

僕が素直に答えると、「分かった」と一言呟いてから部屋から出ていった。

最後に残ったエドガーさんは、僕を見ながら、なぜか感心したように頷いている。

「君くらいの年齢の子が、魔獣ココルックの解毒薬を調合出来るとは驚いた。試験の時は毎回、難しい魔法薬の調合を入れてるんだけど……全ての魔法薬を、しかも時間内に作り終えた受験者は久しぶりに見たよ。流石、グレイシス・シャムが弟子にするだけはあるね」

「ほぇ？」

「あぁ、こちらで魔法薬の効果を確かめる必要があるから、合格発表まで一時間はかかる。それまでは、上に戻って待っていてくれ」

エドガーさんはそう言って、他の二人と同じように颯爽《さっそう》と部屋から出ていった。

「……っ疲れたぁ～」

一人になった部屋で、緊張感から解放された僕は大きく息を吐き出した。

## 試験の結果発表

試験が終了し、グレイシスさんが待っている場所へと戻る。

そして「試験はどうだったの？」というグレイシスさんの問いに、ブイサインを出した。

「完璧です」

「ふふふ、じゃあ合格発表まで、何か飲んで待ちましょうか」

グレイシスさんに、魔法薬師協会の中にあるカフェスペースへ連れていってもらう。

螺旋《らせん》階段を使って二階へ上がり、少し奥まった場所にカフェスペースはあった。

落ち着いたバーのような雰囲気で、壁には図書館みたいに様々な本が几帳面《きちょうめん》に並べられている。

そこから好きな本を持ってきて、お茶を飲みながら読んでもいいらしい。

空いているスペースに座った僕らは、甘ったるい紅茶のようなものを注文した。ちなみに、グレイシスさんの奢りだ。

「グレイシスさん、今日は本当に色々とありがとうございました」

「なぁ～に？　合格発表はまだなんだから、感謝するには早いでしょ」

「いいえ、グレイシスさんが僕をここに連れてきて、師弟関係を結んでくれなかったら、受験出来なかったんです。それだけでも感謝するには十分ですよ」

「このくらい、ケントがいつも私達にしてくれていることを考えたら、ほんの少しでしょ」

髪の先を指でクルクルと回しながら、グレイシスさんは照れたようにクスクスと笑う。

僕はそんなグレイシスさんの可愛らしい一面を見て胸をドキドキと高鳴らせながら、気になっていることを聞いてみることにした。

「そういえば、グレイシスさんはいつ暁に入ったんですか？」

「ん？　そうね……いつ入ったのか忘れちゃうくらい昔かしら」

「昔、ですか」

「そう、昔。しばらくフェリスと一緒に行動してたんだけど、あの人、昔からメンドクサイモノを拾ってくる癖があってねぇ～」

「はぁ……」

「二人でいろんな国を冒険しながら魔法薬を売ったりして生活していたんだけど……途中でラグラーやケルヴィンを拾って仲間に入れて、またいろんな経験をして、次に小さかったクルゥを引き取って……」

グレイシスさんはどこか遠くを見ながら、昔を思い出すように話し続ける。

「小さな子供がいると、国を越えて仕事をするのは無理があるから、この国に活動拠点を置いたままではよかったんだけど……ホント、問題児と馬鹿と脳筋とちびっ子の世話をするのは、大変だったわ～」

しみじみと呟くグレイシスさんに、僕は笑うことでしか反応出来ない。

「でも、しばらく経ってから……」

一度口を閉じてから、静かに僕を見詰めるグレイシスさんに、どうしたのかと首を傾げる。

「ふふふ、何でもないわ……でも、フェリスはたまに、とってもいい拾い物をしてくる時があるのよね～」

「……いい拾い物、ですか？」

「えぇ、そうよ」

それは一体何なのかと口を開きかけた時、カフェの店員さんに声をかけられた。

どうやら、受付から受験の合否判定が出たと連絡が来たらしい。

思ったより早かったな～。

なんて思いながら椅子から立ち上がり、僕達は螺旋階段を下りて試験官が待っているという受付まで歩いていったのであった。

受付には、試験官のエドガーさんが立っていた。

彼の目の前まで行くと、ニッコリ笑ったエドガーさんから、黒い小さな袋を手渡される。

これは何だろう？

疑問に思っていたら、エドガーさんが笑みを浮かべて口を開く。

「合格おめでとう」

きょとんとしながら、周りを見渡せば、グレイシスさんの笑顔が目に入った。

どうやら、無事に合格出来たようだ。

ありがとうございます！　と頭を下げたんだけど、先程エドガーさんに手渡された黒い袋が気になってしょうがない。

僕の様子に気付いたエドガーさんが、「見てもいい」と言ってくれたので、早速袋の口を結んでいる紐を解《ほど》き、中に入っている物を取り出す。

「……バングル？」

それは、エメラルド色の宝石が中央に飾られている、細いクロス型のシルバーバングルであった。

エドガーさんの説明によると、これは魔法薬師試験を合格して、正式に魔法薬師となった者に渡される物なのだと説明される。

そして正確には、バングルではなく宝石——エメラルドが魔法薬師の証なんだとか。

どうやらこの世界では、エメラルドは魔法薬師しか身に着けることが出来ないらしい。

今はバングルに取り付けられているが、ネックレスに通したり指輪にしたり、自由に組み合わせて使ってもいいんだって。

グレイシスさんを見たら、細くくびれている腰を飾るウエストチェーンに、エメラルドが揺れていた。

バングルを目の高さまで持ち上げて観察している僕を見て、エドガーさんが苦笑する。

「まさか、最難関課題である魔獣ココルックの解毒薬を、君みたいな子供が作れるなんてな……しかも、解毒効果が思っていたより早く出るし、本当に驚いたよ」

その言葉に、ちょっとドキッとした。

「タブレットの中にある、『魔法薬の調合』っていうアプリのおかげなんです！」なんて口が裂けても言えないし。

どう答えるか迷っていると、グレイシスさんが僕から聞いた身の上話をそのまま伝えてくれる。

すると、「ケント君は凄い田舎から出てきたんだね」と、一切嫌みが含まれていない驚いた表情でそう言われてしまった。

僕はハハハハハと乾いた笑いしか出来なかったよ。

そんな僕を見ながら、エドガーさんが笑みを浮かべた。

「シャムさんが師弟関係を結びたいと思うのも、分かる気がします……それじゃあケント君、今後は魔法薬師としても頑張っていくように」

エドガーさんは僕に励ましの言葉をかけてから、それじゃあと手を上げて踵を返し、建物の奥へと消えていった。

僕は元々嵌めている腕輪《タブレット》と重ねるように、魔法薬師の証でもある宝石が付いたバングルを腕に通す。

そしてグレイシスさんに、さっきは聞き忘れていたことを聞いてみることにした。

「グレイシスさん」

「なに？」

「僕、試験を受けて驚いたことがあって」

「え？　驚いたこと？」

グレイシスさんに頷いて、僕は続ける。

「普通、試験を受ける時って、教科書や辞典を見ちゃダメじゃないですか。でも、今回は見てもいいって言われて、ビックリしたんですよ」

「……ああ、そのことね」

僕の話を聞いたグレイシスさんは、肩を竦めながら話し出す。

「たとえば、今回受けた試験が薬師になる為のものだったら、資料や辞典などを見た時点で失格になるわね。薬師に求められるのは正確な知識と繊細《せんさい》な調合技術。逆に魔法薬師に求められるのは魔力の量と、薬を調合するのに必要な魔力の操作」

正確な知識を求められる薬師の試験では、資料を見る行為は不正に当たる。

しかし、魔力を使って調合し、良質な魔法薬を作れるかどうかを問う魔法薬師の試験では、それは不正に当たらない。

「そこまではなんとなく試験前に聞いたんですけど……どう違うんですか？」

「そもそもの薬師と魔法薬師の違いはね……薬師は他人が作った資料を見ながら製薬する場合、一定の技量があれば、ある程度同じ物を作ることが出来る。でも、魔法薬師の場合は違うのよ。同じ資料を見たとしても、自分が持っている魔力の質や、魔力の操作加減一つで最高の魔法薬が誕生したり、反対に粗悪品が出来たりする時もあるの」

「へぇ～」

「だから、魔法薬師試験で資料を見ながら調合したとしても、不正行為にはならないってわけ」

これは魔法薬師を目指す者にとって当たり前のことだから、知らないとは思わなかったと付け加えられてしまい、あはは～と笑って誤魔化すことにする。

「あ、後もう一つ、聞きたいことがありました」

「何？」

「魔法薬師合格後、一年間は協会が指定した魔法薬を一定量提出しなきゃならないって受付の人が言ってたじゃないですか？　あれってどうしてですか？」

「あぁ……それは、試験後に合格発表まで待たされたじゃない？　あの時間に、受験者が不正をしていなかったかどうか、厳格な審査が行われているの。基本、不正をしたほとんどの人間がそこで不合格になるんだけど、稀《まれ》にその審査の目をすり抜けて、合格する場合があるのよね」

「厳格な審査……」

「ええ、受験者が作った魔法薬を、その時の試験官や協会の検査員が調べるの。本当に自分の力だけで調合したかどうかをね」

「そんな厳格な審査をすり抜けられる人がいるんですか!?」

「残念ながらいるのよね。世の中、努力をしないで美味しい思いを味わいたいと思っているような奴なんて沢山いるし、その為に卑怯《ひきょう》な手を使うのも厭《いと》わないって奴もいるわ」

グレイシスさんはそこで一度言葉を切って、だから、と続きを話す。

「試験で調合した魔法薬を試験官に渡したでしょ？　あれを元に、一年間提出される魔法薬を徹底的に調べるのよ。試験中に調合した魔法薬は、本当に試験を受けた本人自身だけの力で調合したものなのかどうか――ってね」

魔法薬を調合する時、調合方法や魔力の流し方などは人によって千差万別。

だから、一年間色々な魔法薬を提出させ、試験の時に提出された物と徹底的に比べて、不正が行われていなかったのか見極める。

まぁ、それでも巧妙に隠そうとする人も中にはいるらしいのだが、魔法薬師協会のトップに立っている人物が凄い人らしく、最後は絶対に不正を見付けるんだって。

見付かったら、合格は取り消し、『魔法薬師』の資格も剥奪《はくだつ》となる。

「まあ、ケントには関係ないわね……とにかく魔法薬師の試験、合格おめでとう」

「はい、ありがとうございます……師匠」

「ふふふ。今まで通り『グレイシスさん』でいいわよ」

グレイシスさんはそう言って軽く手を振りながら、歩き出す。

「緊張して疲れたでしょうから、家に帰ったらゆっくり休みなさい」

「は～い」


家に帰って自室へと戻った僕は、ベッドの上にダイブした。

ボフッと顔から倒れてしばらくそのままの状態で脱力していたんだけど、息が苦しくなってきたのでグルリと体を動かして仰向けになる。

すると、留守番をしていたハーネが嬉しそうに飛んできて、僕の額の上に顎を乗せた。

くすぐったいよと笑いながらハーネの頭を撫でつつ、今の自分のレベルがどうなっているのか気になって、タブレットを持って『情報』を見てみた。

**【ケント・ヤマザキ】　Lv25**

**・種族：人族　・魔力：690　・■■：■■**
**・性別：男　・体力：936　・■■：■■**
**・年齢：16　・攻撃力：998**
**・職業：Bランク冒険者、魔獣使い、魔法薬師**
**・■■**

レベルが25まで上がっていたのと、職業の所に『魔獣使い』と『魔法薬師』が追加されていた。

最初の頃よりだいぶ強くなっているんじゃないかな。

「今日までいろんなことがあったな～」

目を閉じ、タブレットを胸の上で抱えるように持ち直しながら、今までの出来事を思い起こす。

この世界に転生してから、本当にいろんなことを経験した。

沢山の人と出会い、嬉しいことや悲しいこと、大変な思いもいっぱいしたけど……やっぱり一番は、大切な仲間や僕を慕《した》ってくれるハーネに出会えたことかな。

『山崎健斗』として地球で生きていたなら、こんな経験は出来なかった。

転生して『少年ケント』になれたからこそ、タブレットを使って自分自身のステータスを上げて、魔獣をテイムしたり魔法薬師になれたりした。

このタブレットがなかったら、僕の異世界人生、どうなっていたか分からない。

ゆっくりと目を開け、タブレットを見詰める。

タブレット内にあるアプリの数はかなり少ないけど、これから僕自身のレベルを上げていけば、新しいアプリが必ず出てくるはず。

それは、一体どんなものなのか——

タブレットを使った異世界生活はまだまだ始まったばかりだけど、これからどんな面白い展開が待ち受けているのか、楽しみだ。

勘違いの工房主
Kanchigai no ATELIER MEISTER
英雄パーティの元雑用係が、実は戦闘以外がSSSランクだったというよくある話
アトリエマイスター
1~3
時野洋輔
Tokino Yousuke
第11回アルファポリスファンタジー小説大賞
読者賞受賞作!
無自覚な町の救世主様は
勘違い連発!?
勘違いだらけのドタバタファンタジー、開幕!
戦闘で役立たずだからと、英雄パーティを追い出された少年、クルト。町で適性検査を受けたところ、戦闘面の適性が、全て最低ランクだと判明する。生計を立てるため、工事や採掘の依頼を受けることになった彼は、ここでも役立たず……と思いきや、八面六臂の大活躍!　実はクルトは、戦闘以外全ての適性が最高ランクだったのだ。しかし当の本人はそのことに気付いておらず、何気ない行動でいろんな人の問題を解決し、果ては町や国家を救うことに――!?
◆各定価:本体1200円+税
◆Illustration:ゾウノセ
武器や魔法の適性は最低だけど、それ以外全部SSSランク!
1~3巻好評発売中!

この作品に対する皆様のご意見・ご感想をお待ちしております。
おハガキ・お手紙は以下の宛先にお送りください。

【宛先】
〒150-6005 東京都渋谷区恵比寿4-20-3 恵比寿ｶﾞｰﾃﾞﾝﾌﾟﾚｲｽﾀﾜｰ5F
（株）アルファポリス　書籍感想係

メールフォームでのご意見・ご感想は右のＱＲコードから、
あるいは以下のワードで検索をかけてください。

アルファポリス　書籍の感想　検索

ご感想はこちらから

本書はWebサイト「アルファポリス」（https://www.alphapolis.co.jp/）に投稿されたものを、改稿のうえ、書籍化したものです。

チートなタブレットを持《も》って快適《かいてき》異《い》世界《せかい》生活《せいかつ》

ちびすけ

2020年 1月 31日初版発行

編集ー村上達哉・篠木歩
編集長ー太田鉄平
発行者ー梶本雄介
発行所ー株式会社アルファポリス
〒150-6005 東京都渋谷区恵比寿4-20-3 恵比寿ｶﾞｰﾃﾞﾝﾌﾟﾚｲｽﾀﾜｰ5F
TEL 03-6277-1601（営業）　03-6277-1602（編集）
URL https://www.alphapolis.co.jp/
発売元ー株式会社星雲社
〒112-0005 東京都文京区水道1-3-30
TEL 03-3868-3275
装丁・本文イラストーヤミーゴ（http://www.asahi-net.or.jp/~pb2y-wtnb/）
装丁デザインーAFTERGLOW
印刷ー中央精版印刷株式会社

価格はカバーに表示されてあります。
落丁乱丁の場合はアルファポリスまでご連絡ください。
送料は小社負担でお取り替えします。

ISBN978-4-434-27055-0 C0093